kento & Rei
「白と黒の輪舞」

白と黒の輪舞《ロンド》

刑事と灰色の鴉2

高遠琉加

キャラ文庫

この作品はフィクションです。
実在の人物・団体・事件などにはいっさい関係ありません。

目次

口絵・本文イラスト／サマミヤアカザ

——もういいかい
かくれんぼが嫌いだった。だって、目を開けたらみんないなくなってるなんて。ひとりぼっちだなんて……怖いじゃないか。

——もういいかあい
怖くて、何度も呼びかける。お願い。おいていかないで。ひとりにしないで。

——もういいよ
応える声が聞こえて、健斗《けんと》は急いで目を開けて振り返った。

(あれ?)

健斗はぱちぱちと瞬《まばた》きした。川原にいたはずなのに。広い大きな川で、河川敷が広がっていて、大きな鉄橋のそばにいたのに。だから隠れるところなんて、そんなにないはずだったのに。

目を開けると、そこにはたくさんのビルが建っていた。細長い、天を突くような高いビルだ。みんな同じ形で、ブロックみたいに並んでいる。人の姿は見えない。窓もたくさんあるけれど、中は暗い。

「どこ?」

不安になって、きょろきょろとあたりを見回した。見渡す限り、ビルばかりだ。川も橋も見えない。

健斗はおそるおそる歩き出した。歩いても歩いても、ビルが並んでいるだけ。他の建物も、車も、街路樹もない。ビルは灰色で、地面も灰色のアスファルトで、空も鈍い灰色だ。灰色の世界。人はいない。誰もいない。ひとりぼっち。

「どこにいるの⁉」

泣き出しそうだった。だんだん速足になって、健斗はいつのまにか駆け出していた。

視界の端を、ひらりと黒い影がかすめた。

「あっ」

いた。見つけた。

健斗は急いで黒い影を追った。影は見つけたと思ったらすぐにビルの陰に隠れてしまい、追いかけて覗《のぞ》くともういない。ビルとビルの間には、無数の細い路地。たくさんの曲がり角。黒い影は路地から路地へとすり抜け、なかなかつかまえられない。

黒い影は、黒い学生服だ。健斗の魔法使いだ。魔法使いは黒い服を着て、黒い手袋をしている。健斗に鮮やかな魔法を見せてくれて――魔法のように姿を消してしまう。

（いやだ）

行かないで。

健斗は必死で黒い学生服を追いかけた。ひらひらと、まるで薄っぺらい影絵のように視界から逃げていく。それとも逃げ水かもしれない。追いかけて追いかけて、追いついたと思ったら遠くにある。絶対に追いつけない。

（嫌だ……！）

健斗は全力で走った。走っているうちに、足がだんだん伸び、身長も伸びて、体が大きくなる。小学生だった健斗は大人の健斗になる。着ている服はいつのまにかスーツに変わり、走るスピードもどんどん速くなった。

今ならつかまえられる。今の自分なら。あと少しだ。

見つけた。黒い服の背中。黒い髪。必死で手を伸ばす。もう少し。絶対につかまえる――

「……斗」

（玲《れい》さん！）

学生服の腕をつかんだ瞬間、スイッチを切ったように意識が暗くなった。

真っ暗になった意識が、反転して明るくなる。目を開けて、健斗はしばらく固まっていた。

「――」

すぐそこにあるのは、背の高いグラスだ。水滴がついて、氷がすっかり溶けている。視界にはカウンターテーブル。誰もいない。

「起きろよ、健斗」

声と同時にグラスに手が伸びてきて、健斗は反射的にその手首をつかんだ。

「…っ」

手はびくりと震えた。つかんだまま、頭を起こす。

そこに立っているのは——健斗の魔法使いだ。

でも、もう学生服じゃない。大人の彼だ。健斗が大人になったように、彼も大人になっている。白いシャツ。ネクタイ。黒いベストにスラックス。バーテンダーの玲だ。

新宿《しんじゅく》にあるバー『Magic hour』の店内だった。けれどフロアは静かで、もう客はいない。マスターもいない。健斗がカウンターに突っ伏して眠っているうちに閉店時間になったらしい。

「離せよ」

玲はカウンターから出て健斗の脇に立っていた。不機嫌そうに顔をしかめる。

「終電の時間だぞ。もう帰れよ」

夢の続きを見ているみたいだった。でも、夢じゃない。彼はここにいる。現実に。

やっと見つけた。やっとつかまえた。——もう離さない。

「じゃあ……泊めてくれませんか」

「急げば終電間に合うだろ」

「いいじゃないですか。俺、玲さんの恋人なんですよね？」

「……」

健斗はスツールから下りて玲の前に立った。黙ったままの玲に顔を近づける。

夢だったら、きっとここで消える。でも唇を近づけても、彼は消えなかった。あいかわらず冷めていて、ラブシーンのロマンティックさはかけらもなく、目を開けたまま冷ややかに健斗を見ているけれど。

ひるまず、そのまま口づけた。玲の手首に力が入り、クッと小さく引かれた。

「……ッ」

彼の唇はいつもひんやりしている。綺麗《きれい》な顔と相まって、まるで彫像に口づけているみたいだ。固いドアをこじ開けるように、その唇と唇の間に舌を差し入れる。舌を入れると中はあたたかくて、ほっとする。

「……ん」

舌に舌をからませて、あたたかく濡《ぬ》れた口腔《こうこう》内を味わう。チュ、と唾液が立てる音が耳をくすぐり、吐息の音が絡み合う。もっと、と健斗はさらに間合いを詰めた。つかんだ手を引き寄せる。

「玲さん……」

「……せよ」

もっと。もっとこの人が欲しい。もっと知りたい。もっと近くに行きたいのに。

「は――なせって言ってんだろ！」

しまった。キスに夢中になってしまって、つい反応が遅れた。あわてて唇と手を離すのと、ドカッと腹に膝蹴りをくらったのが同時だった。

「うっ」

健斗は腹を押さえて前かがみになった。ゲホゲホと咳《せ》き込む。

「ひでえ…」

玲は冷たく健斗を見下ろす。呼吸は乱れていないし、頬に熱も昇っていない。そんな彫像のように綺麗な顔で、言い放った。

「俺にさわるなって言ってんだろ」

健斗は涙目で彼を見上げた。

キスはいいのに、さわるのはだめだなんて。

ここは天国か、それとも地獄か。

◆

『彼女は悪魔に魅入られたんです――』

ディスプレイに映る男が呟《つぶや》いて、動画は終わった。

「……」

ピンクとブルーは微妙な表情で顔を見合わせている。玲はカップに口をつけたが、コーヒーはすっかり冷めていた。

バー『Magic hour』は開店前だ。地下にあるので窓はなく、カウンターの照明だけをつけている。外はまだ夕方で新宿《しんじゅく》の喧騒《けんそう》が満ちているだろうけど、ここは秘密基地めいて静かだ。

今日、目を覚ますと、『変わった依頼が来てるよ』とブルーからスマートフォンに連絡が入っていた。玲は深夜までバーテンダーとして働いているので、起きるのは昼過ぎだ。起きるとまずシャワーを浴びて、コーヒーを淹《い》れて煙草《たばこ》を一本吸う。朝食は食べない。

食事は外に行って食べるか、マスターが作ってくれる。マスターは夕方頃に店に来るので、地下まで下りていく。玲はマジックアワーのあるビルの四階に住んでいる。マスターは年齢不詳、経歴不詳だが、玲にバーテンダーの仕事を教えてくれたのはマスターだし、カクテルもコーヒーも料理もプロの腕前だ。

食事をしているうちに、アルバイトのピンクがやってくる。ブルーも一緒に来ることもある。双子の二人は一緒に暮らしているが、どこに住んでいるのか玲は知らない。マスターの住所も知らない。

そうして開店準備をしたり飲食したりしながら、必要があれば作戦会議をするというのが、いつものマジックアワーの始まりだった。

『僕が取り返したいのは、ネックレスです』

ブルーがノートパソコンで再生した動画は、そんなふうに始まった。

画面の男は写真付きの社員証を片手に持って掲げている。小田島《おだじま》という名前と、ニッケイイケミカルという社名が見えた。写真付きの身分証を手に持って、顔を晒《さら》して動画を撮ること。それが依頼の条件だ。

「依頼人の名前は小田島悟《さとる》。三十歳。ニッケイケミカルって会社の研究員だって」

「化学製品や薬品の製造販売をしている会社だな。まあ中堅ってとこだ」

あらかじめ依頼動画を見ているブルーとマスターが補足する。

『あなたの大事なもの、取り返します』――これは、そんなキャッチコピーが掲げられたサイト宛に送られてきた動画だ。

サイトには、

・奪われたもの、貸したまま返ってこないもの、あなたの尊厳や生活を脅かすものを取り返します。
・現金は除きます。
・秘密は厳守します。対象者にも、あなたからの依頼だということはわからないようにします。
・依頼を受ける際は事前に調査をします。当方の趣旨に合わないと判断した場合はお断りします。

・依頼の際は、顔写真付きの身分証明書を手に持ち、依頼内容を口頭で説明した動画を送ってください。後日、こちらから連絡します。動画は一定期間が経過したら消去します。

・契約が成立したら、代金の半分を前金として入金していただきます。残金は依頼が完了した時に支払っていただきます。

という条件と、メールアドレスだけが書かれている。

請負人の名前も組織の名前も書かれていない、いかにもうさんくさいサイトだ。けれどインターネットの裏の世界では、ひそかに知られた存在になっていた。とられた（取られた、盗《と》られた、撮られた、捕られた）ものを取り返してくれる。警察には訴えられない、泣き寝入りするしかない人を助けてくれる――そんなふうに、まるで義賊のように言われている。

『取り返し屋のカラス』

それが、このサイトにつけられた名前だ。

カラスのメンバーは四人。ITエンジニアでハッキングが得意なブルーと、メイクアップアーティストで女装とコスプレが趣味のピンク。二人は双子の兄弟だ。バー『Magic hour』を経営していて、このビルを丸ごと借りているマスターは元詐欺師。そして手品とスリの技術を持った、バーテンダーの玲。

サイトを管理しているのはブルーで、釣りやいたずらをはじいて真剣そうな依頼だけを選《よ》り分ける。さらにマスターとブルーで調査して、金儲《もう》けや犯罪に絡んだ依頼じゃないことを確認する。そうして残った依頼を四人で検討するのが、いつものやり方だった。

『父の遺品なんですが……ある女に盗まれてしまいました』

サイトは簡単にはアクセスできないようになっているが、口コミや紹介で依頼は途切れずあった。警察や弁護士に頼れない人間がそれだけいるということだろう。

『これが、そのネックレスです』

小田島は社員証を下ろすと、今度はスマートフォンをカメラに近づけた。画面には、細長い箱の台座に収められたネックレスの写真が映っている。金色のチェーンに黒いひと粒石がついた、シンプルなネックレスだ。

黒い石。

アーモンド形の――

「…っ…」

玲はカウンターからわずかに身を乗り出した。ロック用の氷を割っているマスターが、ちらりとこちらを見た。

『この石はジェットだと、父は言っていました』

「ジェットって、モーニングジュエリーだよね」

カウンターテーブルに頰杖《ほおづえ》をついて、ピンクが口を挟んだ。ブルーの前にノートパソコンが置かれていて、左右に玲とピンクが座っている。

「葬儀の時に使われる宝石で、木の化石だよ」

大きさは縦1センチほどあるだろうか。艶のある漆黒で、複雑な輝きを放つブリリアントカットが施されている。石を固定する石座はなく、上部にバチカンが取り付けられて金色のチェーンが通されていた。

『女性もののネックレスなので、父が身につけていたわけではありません。ですが、いつも肌身離さず持っていました。父は小さな輸入会社を経営していて、二十年ほど前にどこか海外で手に入れたそうです』

ピンクが言うとおり、ジェットというのは樹木の化石だ。宝石といっても鉱物ではなく、樹脂の化石である琥珀《こはく》と同じく有機質だ。

ジェットは研磨によって石と見紛《みまが》うほどの輝きを放つが、とても軽く、肌あたりがやわらかい。そのビロードのような輝きと漆黒の艶から、古くから喪に服す時のモーニングジュエリーとして使われてきた。

『父が酔っている時に聞いたことがあります。この石には、願いを叶《かな》えてくれる力があるそうです。ネックレスを手に入れた頃、父の会社は倒産の危機だったそうですが、石のおかげで救われたと言っていました』

だがそれから十年以上がたち、父親は大病を患った。会社は再び傾いてしまう。

『入院している時、病室で父と母が喧嘩《けんか》になったことがありました。母がネックレスを身につけようとしたんです。この石が願いを叶えてくれるなら、父と会社を救ってもらうんだと言って。母は石のことをあまり信じていなかったようですが、父を元気づけようとしたんだと思います』

「願いを叶えてくれるネックレスかあ。スピリチュアル系？」

組んだ足をぶらぶらと揺らしながら、ピンクが言った。

『父はその時ひどく怒って、このネックレスは身につけてはいけないと母から取り上げました。すごい剣幕なので、僕も母も驚いてしまって……父は、この石は願いを叶えてくれるけど、持ち主を破滅に導くと言っていました。それで〝悪魔の目〟と呼ばれているんだ、と』

「悪魔の目――」

玲は喉の奥で短く息を吸った。

『父の病気は一向によくならず、会社は倒産しました。父は五年前に亡くなりました』

「呪いのネックレスじゃん」

今度はブルーが肩をすくめて呟いた。

『亡くなる前、父は母にネックレスを処分するように言っていました。決して身につけたり、人にあげたりしてはいけないと』

だが父親の容体が悪くなり、亡くなった後は葬儀や会社の残務整理に追われて、母親はすっかりネックレスのことは忘れてしまったようだった。その頃、田舎の祖母が足を悪くしたこともあって、母親は郷里と横浜《よこはま》の家を忙しく往復していた。父親の遺品の整理は小田島がやった。

『それでネックレスを見つけて……気になって、調べてみることにしたんです。すると、ジェットではないということが判明しました』

宝石店に鑑別に出すと、ジェットによく似ているが、ジェットではないと言われた。何か植物由来のもののようだが、はっきりしない。父の会社に勤めていた人に写真を見せて聞いてみたが、石の正体も手に入れた経緯もわからなかった。

『結局、何もわからずじまいでした。僕は理系の人間なので、願いを叶えてくれるネックレスなんて本気で信じているつもりはなかったんですが……でも、あの黒い石を見ていると、なんだか不思議な気持ちになってくるんです。すうっと吸い込まれるようというか……悪魔の目と呼ばれる理由がわかる気がしました』

「……」

小田島は真剣な表情で語っている。玲は眉をひそめて人差し指で唇をなぞった。

『母は実家に戻ることになり、僕はもう就職していたので、東京《とうきょう》で一人暮らしを始めました。ネックレスは、僕が自分の部屋にしまっていました。別に何かを願っているわけじゃないし、身につけたり持ち歩いたりすることがなければ、破滅することもないだろうと』

だがそのネックレスを、ある女性に盗まれてしまったという。新宿のクラブに勤めていたホステスだそうだ。

『僕は酒に弱く、普段そういうところには行かないのですが、大学時代の先輩たちに連れていかれて……その時、隣の席に座っていろいろ話しかけてくれたのが、美紅《みく》という子でした。他のホステスよりも若くて話しやすかったので、慣れない僕はずっと彼女と話していました』

小田島は眼鏡をかけた真面目そうな男だ。眼鏡もヘアスタイルもあか抜けず、全体的に野暮ったい。いかにも理系の研究員らしく頭がよさそうだが、女性にはあまり慣れていなさそうに見えた。

『彼女、女優になるのが夢だって話してくれました。今はこういうところでバイトしているけど、いつか映画に出るのが夢なんだって、内緒話みたいに。それで、僕もついいろいろ話してしまったんです』

父親が亡くなったこと、その父親が持っていた不思議な力を持つネックレスのこと。女性が興味を持ちそうな話題が他になくて、酔いにまかせて詳しく話したという。

『女の子って、そういうミステリアスな話が好きですよね。宝石にまつわる伝説とか。彼女はとても興味を持ってくれて、いろいろ訊《き》かれました。先輩たちはやたらに盛り上がっていて、無理に飲ませられ、僕はひどく酔ってしまいました』

店を出ると、先輩たちは小田島を置いて次の店に行ってしまった。小田島は気分が悪くて道の端でうずくまっていたそうだ。そこに声をかけてきたのが、仕事を終えた美紅だった。美紅というのは源氏名だろう。

彼女は、酔った小田島を家まで送ってあげると言い出した。一緒にタクシーに乗っている間も、一人暮らしのマンションに着いた時も、小田島は朦朧《もうろう》としていた。

どうにか鍵を開けて、彼女に肩を借りて部屋の中に入ったことは覚えている。小田島はそのまま眠ってしまい、翌朝目を覚ますと、彼女の姿はなかった。

『ネックレスがなくなっていることに気づいたのは、数日たってからです。ケースに入れて引き出しにしまっていたのですが、ケースは残っていて、中身が空っぽでした。どこかに持ち出すはずはないし、彼女にネックレスの話をしたことは覚えていたので、あわてて店に行きました。でも、彼女はすでに店を辞めた後でした』

小田島はスマートフォンを操作して、「この女です」ともう一度カメラに近づけた。

若い女性の写真が表示されている。バストショットで、セミロングの髪をカールして、胸元のあいたドレスにゴージャスなアクセサリーをつけていた。

『その店で撮影されたものです。でも店では個人情報だからと、本名も住所も教えてもらえませんでした』

いかにも水商売らしい装いと化粧だが、まだ若そうな顔立ちだ。くっきりとした猫目に、半開きの厚めの唇。近寄りがたいタイプの美人ではなく、甘えるのが上手な小悪魔系だなと玲は思った。女優になれるかどうかはわからないが、男受けはよさそうだ。

『警察に相談に行きましたが、盗難届を出すよう勧められただけでした。運よく現物が出てくれば戻ってくるかもしれませんが、まず無理でしょう。それでホステスにお金を渡して、名前だけは教えてもらいました。本名は吉井久美《よしいくみ》というそうです』

クラブに勤め始めた時の住所はわかったが、現在は引っ越しているという。同僚のホステスの話では、男と同棲《どうせい》しているらしい。

『あのネックレスには金銭的な価値はほとんどないし、父は処分しろと言っていました。だけど、どうしても気になってしまって……』

小田島は苦渋に満ちた表情でため息をつく。顔を上げて、言った。

『あの石には、願望を持つ者を引き寄せる不思議な力があると父は言っていました。そして悪魔の目に魅入られ、破滅してしまうのだと』

小田島の目は真剣だ。身を乗り出すようにして、訴えた。

『お願いします。ネックレスを取り返してください。あの話は人にしてはいけなかった。あの石は、父が言うとおり処分しなくてはいけなかったんです』

カメラに向かって——カメラのこちら側にいる〝取り返し屋のカラス〟に向かって、小田島は切々と繰り返した。

『どうかお願いします。石を取り返してください。彼女は悪魔に魅入られたんです——』

そして、動画は終わった。

「うーん……」

ピンクとブルーはよく似た姉弟のような顔を見合わせる。マスターは素知らぬ顔で開店準備をしている。玲は冷めたコーヒーをすすった。煙草が欲しい、と思う。だけど煙草は、目覚めの一本と仕事を終えた時の一本だけと決めていた。指に匂いがつくからだ。

「これ、彼女はその悪魔の目ってのを知ってたのかな?」

ブルーが言うと、ピンクも頷《うなず》く。

「かもね。じゃなきゃ、そんな眉唾ものの話を聞いただけで盗んだりしないよね」

「けっこう知られた話なのかな。信憑性《しんぴょうせい》があるってこと?」

「さあ。でも、いわくつきのジュエリーって見てみたいなあ。つける気はしないけどさ」

メイクとファッションが大好きなピンクがおもしろがっている口調で言う。開店前なので普段着のジーンズ姿で、メイクも薄めだ。ピンク色のショートボブの髪は自前だ。女の子っぽい男の子にも、男の子っぽい女の子にも見える。

「でも彼女は行方不明で、ネックレスを取り返すためには、まず居場所を探さなくちゃいけないんだよね」

ブルーが言って、クリームがサンドされたワッフルを頬張る。ブルーは自宅で仕事をしていて夜型なので、玲と同じようによくここで食事をしていく。けれど超がつく甘党で、バーにはそんなに甘いものはないから、自分で好きなものを買ってくる。見ているだけで胸やけがする、と玲はいつも思う。

「うさんくさくて面倒な依頼だよね」

ピンクが言って、頬杖をついて玲を見る。

「どうする、玲ちゃん?」

ブルーも首を傾《かし》げて玲を見た。

「………」

玲はカップを唇にあてたまま、ちらりとマスターを見た。マスターは先に依頼内容をチェックしている。軽く眉を動かしたけれど、何も言わなかった。

「——やる」

玲が答えると、ピンクとブルーが口を揃《そろ》えて声を上げた。

「やるんだ?」

さすが双子だ。完璧なユニゾンだ。

「どうやって彼女を探すの?」

「それは俺とマスターでやる。いいだろ、マスター」

マスターを見る。目が合った。

小さく、わからないくらいのため息を落としてから、マスターは頷いた。

◇

「お疲れさまでーす」

夜の九時過ぎ。仕事を終えた健斗がマジックアワーの扉を開けると、制服を着た女性警官が敬礼をしてきた。健斗は反射的に敬礼を返した。

「おっ、お疲れさまです？」

警察学校で叩《たた》き込まれた完璧な角度で手を上げ、ぱちぱちと瞬きをする。――違う。本物の警官じゃない。スカートが短すぎるし、第一、髪がピンク色だ。そんな警官は日本にはいない。

「何やってんだよ」

冷めた声に振り向くと、トレイを持った玲が呆《あき》れ顔で立っていた。

「いやあの、つい……ピンクさん、なんで警官の格好してるんですか？」

「コスプレが趣味だから」

制帽を斜めに被《かぶ》ったピンクはにっこり笑う。今日も完璧に女の子にしか見えなかった。

バー『Magic hour』は新宿のはずれ、幽霊ビルと噂《うわさ》される古いビルの地下にある。噂の通り廃ビルにしか見えないし、一階から三階までは空き室だそうだが、今夜もけっこう客が入っていた。ゴシックな内装に女性警官のコスプレは不似合いな気がするが、客には受けているようで、ピンクは拳銃を構えてポーズを取ったりしている。もちろんおもちゃの銃だと思うけど、心臓に悪いのでやめてほしい。

健斗は警視庁新宿署に勤める警察官だ。刑事課の盗犯捜査係に所属している。

でも、ここマジックアワーでは、警察官だということは明かせないでいた。最初から秘密にしようと思っていたわけではないのだけど、諸般の事情で言えなくなってしまったのだ。

(言った方がいいかなあ。でも玲さん、警察が嫌いだしな)

やっと再会できた初恋の人に嫌われたくなくて、とりあえず公務員で通している。

(それにしても、よくできたコスプレだな)

今は女性警官も礼装以外はズボンをはくことが多いけれど、ピンクのコスプレはスカートを除けば本物そっくりだ。帯革には手錠と拳銃がしっかり装備されている。右の袖にはいかめしいエンブレム。金色の日章と桜がデザインされていて、上部には銀杏《いちょう》の葉とTOKYOの文字。警視庁のエンブレムだ。本物にしか見えない。退勤後にはあまり見たくない。

「そういう衣装ってどこで手に入れるんですか?」

ピンクに訊くと、「コスプレショップだよー」と返ってきた。そんなに簡単に手に入って大丈夫なんだろうか。

健斗はいつものようにカウンター席に座った。カウンターの中に戻った玲が前に立つ。

「ご注文は？」

「おまかせします」

「いつもおまかせだな」

「カクテルのことよく知らないんで、いろいろ飲んでみたいんです」

「まあいいけど。甘めと辛め、どっちがいい？」

「えーと、じゃあクリスマスも近いんで、甘めでお願いします」

頷いて、玲はバックバーの棚を眺める。その綺麗な背中のラインを、健斗はうっとりと眺める。

玲と再会したのが秋のことだ。それからいろいろあって、恋人になることができて……まだ一ヶ月ほどだ。

まだ、夢みたいだと思う。ずっと捜し続けていた、健斗の魔法使い。再会できたなんて。まがりなりにも〝恋人〟になれたなんて。

（でも、まだ本当の恋人とは言えないよな……）

キスはいいけどさわるのはだめ。そんな無茶を言われてしまい、手も足も出せないでいる。彼の本心もわからない。正直、健斗のことを恋人として好きになってくれたとは思いがたい。

（せめて、もう少し）

棚を眺めていた玲は、ボトルを二本取り上げた。次に冷蔵庫を開けて、生クリームを取り出す。計量した材料をシェイカーに注ぐ。

シェイカーの蓋をきっちり閉めて、両手でホールドして構える。シャカシャカと、リズミカルに振り出した。

玲がシェイカーを振るのを見るのは好きだった。客にリクエストされて手品を披露する姿も。体のラインや指先が美しくて、いつまでも見ていられる。

シェイクし終えた中身をグラスにあけると、思いがけず淡いグリーン色が現れた。

「わ」

綺麗な色だ。表面は細かく泡立って、まるで雪がつもっているみたいだ。グラスはステムのついた優雅なカクテルグラス。コースターに載せると、玲はすっと健斗の前に滑らせた。

「グラスホッパーだ」

「グラスホッパー？　どういう意味ですか？」

「草の上を跳ねる——バッタって意味だよ」

「バッタ？」

パステルグリーンの美しい見た目とはかけ離れた名前だ。「緑色だからだろうな」と玲が説明する。ひと口飲んで、健斗はぱちぱちと瞬きした。

「チョコミントの味がする！」

子供みたいな反応をしてしまった。玲はふっと笑った。

「カカオのリキュールとミントのリキュールを使ってるからな。チョコミントの味になる」

「へーえ。甘くて、でもミントがさわやかでおいしいです」

「クリスマス向きだろ」

「ですね。雪がつもってるみたいだし」

甘くて、とろりとなめらかで、いい匂いがする。店内には淡い黄昏《たそがれ》色の灯《あか》りがともっていて、目の前には美しい恋人がいて――現実を忘れて酔えそうだ。警官姿のピンクが目に入らなければ。

「クリスマスといえば……」

健斗は声を小さくして、玲を見つめた。

「イブは会えますか?」

「仕事だ」

多少期待したのだけど、あっさり言われた。健斗はがくりとうなだれた。

「ですよねー」

「クリスマスは忙しいからな。カップルとか、パーティから流れてきた客が来るから」

そうだろうとは思ったのだ。でも、訊いてみたかったのが男心というものだ。

そもそも健斗も、イブは仕事だった。何もなく自分の仕事が終われば退勤できるけど、ここは日本一の繁華街、新宿だ。クリスマスイブに何もないなんてありえない。仮に窃盗事犯がなくても、酔っ払いが騒ぎを起こしたりカップルが問題を起こしたりする。健斗は独身で待機寮暮らしだから、地域課や生活安全課や少年課の応援に駆り出される可能性は大いにあった。待機寮とはつまり、常に待機していなくちゃいけないということだ。プライベートはない。

「まあここは開店して間もないし、街はずれだから、そんなに忙しくないかもしれないけど」

玲がそう付け加えたので、健斗はちょっと身を乗り出した。

「玲さんって、前はどこに勤めてたんですか？」

健斗は長い間、玲を捜していた。マジシャンが出入りする場所に出かけたり、マジックを売りにしている店に足を運んだり。だけどずっと見つからなかった。ここには職場の先輩に連れられて来て、再会したのは偶然だ。

「……」

玲はすっと目を逸《そ》らして、シンクの前に移動した。

「都内の店だよ」

曖昧な答えだ。洗い物を始める彼に、さらに問いを重ねた。

「マスターは？　どうしてここに店をひらいたんですか？　人通りもあんまりないし、入り口は表に面してないし。ビル丸ごと借りてるのに、三階までは空き室なんですよね」

矢継ぎ早に質問を重ねてしまう。玲は洗い物をしながら返した。

「こういう隠れ家っぽい場所の方が好きなんだよ。俺もマスターも」

「前からの知り合いなんですか？」

「仕事でな。水商売って、けっこう横の繋《つな》がりがあるから」

「バーテンダーになる前は何をしてたんですか？」

「……健斗」

玲は蛇口の水を止めた。顔を上げる。

手を近づけてきたので、前みたいに水をかけられるのかと、健斗は反射的に身を引いた。

「え？」

「髪に雪がつもってるぞ」

玲の手が、ふわりと健斗の髪に触れた。前髪を軽くはらう。

すると、目の前をひらひらと雪が舞った。

「わ」

もちろん本物の雪じゃない。小さな白い紙吹雪だ。手品だ。

「しつこい男は嫌われるぞ」

意地悪な顔で笑ったところに、ホールから客が呼ぶ声がした。玲は声に応えてカウンターから出ていった。

いつもながら、鮮やかな手技だ。見惚《みと》れるほどに綺麗な笑顔だ。見惚れてしまって――だからいつもはぐらかされるのだ。

（くっそう）

手の上で転がされているという自覚はあった。恋人なんて肩書きをもらっても、ちっとも近づけた気がしない。あいかわらず、玲のことは何も知らないままだ。

もっとそばに行きたい。

背後のフロアを見ると、玲はテーブル席で手品を披露していた。人気者なのだ。オーダーついでに話しかける客も多く、なかなか健斗のところに戻ってきてくれない。

「玲さん、じゃあ」

ようやく手が空いてカウンターの中に戻ってきた玲に、健斗は勢い込んで訊いた。

「大みそかはどうですか？」

「大みそか？」

「お店は開いてるんですか？」

「店は休みにするけど……」

やった。健斗は身を乗り出した。

「じゃあ、会えませんか。俺、十二月三十一日が誕生日なんです」

「十二月三十一日が誕生日？」

玲は意外そうに眉を上げる。それから、クッと笑った。

「健斗らしいな」

「そうですか？」

「今日で終わりって日に生まれたなんてさ。あと一日遅ければ、正月でハッピーな雰囲気なのにな」

「う」

「そういう残念なところが健斗らしいよ。それに大みそかなんて、みんな自分のことで忙しいだろ。帰省したりするし。あんまり祝ってもらえなかったんじゃないか」

「その通りです……」

たしかに学校はいつも休みだし、友達からはおめでとうメール一本ですまされたりした。忘れられていたこともしょっちゅうある。交番勤務や機動隊の頃は出勤のことも多かった。でも。

「でも、玲さんが祝ってくれたら、全部帳消しになります」

「……」

玲の目を見つめる。黒い瞳は冷たく無表情で、何を考えているのかわからない。覗きたい、と思う。その夜みたいな瞳の奥を。

「三十一日は別件の仕事があるんだ」

あっさりと玲は言った。

「ええっ」

健斗はカウンターテーブルにすがりつくように前かがみになった。

「ずっと仕事なんですか？　深夜まで？」

「カウントダウンパーティだからな。年明けまで続く」

「ちょっとだけでも会えませんか？」

「無理だ」

「じゃ、じゃあ、俺もそのパーティに行ってもいいですか？」

「招待状がないと入れないよ」

プレゼントなんていらないから、誕生日に会いたい。そしてできれば、年が明ける瞬間に一緒にいたい。そんなささやかな願いを、玲はことごとく切り捨てていく。

「ええー……」

健斗はがくりとカウンターに倒れ伏した。

「……」

少しの間、考えるような沈黙があった。それから、頭に軽く手が触れる感触があった。くしゃりと髪をかき回す。

健斗は顔を上げた。しょうがないなって顔で、玲が小さく笑った。

「じゃあ、一緒に来るか？」

「えっ」

一転して顔を輝かせる健斗に、玲は薄く微笑《ほほえ》む。見惚れるほどに綺麗で――手品の目眩ましみたいに、裏に何かを隠していそうな顔で。

◆

「似合うぞ、健斗」

にやにや笑って褒めると、反対に健斗は渋い顔になった。眉を下げて、情けない表情になっている。

「なんで猫なんですか？」

健斗は長身で、体格もいい。その体が、今はふかふかの着ぐるみに包まれていた。トラ柄の着ぐるみだ。猫の顔の被りものも持っている。

「来年が寅《とら》年だからじゃないか」

「そういうことを言っているんじゃないです」

十二月三十一日。午後十時前。

クリスマスが過ぎると、街は年末に向かって一気に慌ただしくなる。日本人は水に流すのが得意な民族だ。今年の憂さを水に流すべく、船上にはたくさんの人が集まっていた。

玲と健斗は、横浜港に浮かぶレストラン船の上にいた。海の上での食事やパーティを楽しむための船だ。外洋に航海に出ることはないので、基本的に客室はない。

「これからカウントダウンクルーズに出るんだよ。俺とマスターはバーテンダーをやる」

「出張バーテンダーってことですか?」

「そう。マスターの知り合いに頼まれたんだ。ピンクもコンパニオンとして来てるよ」

横浜は夜景が美しい街として人気だ。特に年明けの瞬間には花火が上がるし、港の船が一斉に汽笛を鳴らす。そんな横浜ならではのニューイヤーを楽しむための、レストラン船を貸し切りにしたパーティが行われるのだ。

「で、なんで猫なんですか?」

スタッフ用に与えられた控室で、玲はすでにバーテンダーの制服に着替えていた。今日は蝶《ちょう》ネクタイだ。

そして健斗は猫の着ぐるみを着ている。指示した通りに船に来た健斗に、とりあえずこれを着ろと渡したのだ。

「仮面パーティだから」

「仮面パーティ?」

「そういう趣向なんだ。まあ、アイマスクをつける程度でいいんだけど。スタッフもつけるんだけど、インフルエンザのせいでスタッフが足りないんだよ。手伝ってくれ」

「着ぐるみで？　これ、仮面じゃなくて仮装ですよね」

「主催者が賑《にぎ》やかしにって持ってきたんだ。健斗、バーテンダーもウエイターもできないだろ。それを着てパーティを盛り上げてくれ」

「……」

健斗は宴会で余興をやれと言われた新入社員のような顔になる。

「カウントダウンが終わったら、着ぐるみ脱いでパーティに参加していいよ。俺は最後まで仕事だけど。どうする？」

上目遣いに見て言う。健斗はぐっと喉が詰まったような顔をした。

「……やります」

「よし」

健斗にずぼっと猫の頭部をかぶせる。童話の主人公みたいなチャーミングな猫ができあがった。中身はでかい男だが。ふかふかした頭を撫《な》でて、玲はにこりと笑んだ。

「誕生日、おめでとう」

顔がすっぽり隠れているので、表情はわからない。口のあたりから、嬉《うれ》しいのかふてくされているのかよくわからない、「にゃあ」という声が聞こえた。

横浜は夜景の宝庫と言われる街だが、クリスマスからニューイヤーにかけては、いっそうきらびやかなイルミネーションが街を彩る。イベントも多く、街全体がお祭り騒ぎだ。

船はまもなく山下《やました》公園の桟橋から出港するところだった。外観にも内装にもイルミネーションや華やかな飾りつけが施されている。フロアのテーブルと椅子が取り払われ、広々とした立食パーティの会場になっていた。そこに、着飾った客が続々と乗り込んでくる。

「お飲み物をどうぞ」

スタッフと一緒に入り口でグラスを配っているのは、ピンクだ。白いブラウスに黒いロングスカートの派遣コンパニオンの制服を着て、黒髪に黒いアイマスクをつけている。鼻の途中までを覆うシンプルなマスクで、つけると黒子のように無個性になる。スタッフは全員、このアイマスクをつけることになっていた。

そして会場に入ってくる客たちも、おのおの仮面をつけていた。ファッション性の高いアイマスクや、豪華な飾りのついたマスカレードマスク。中にはハロウィン並みの凝った仮装をしている者もいる。ドレスコードはフォーマルもしくはセミフォーマルで、タキシードやイブニングドレス姿の客もいた。きらびやかな衣装とジュエリーに、豪華な内装があいまって、中世の仮面舞踏会のような華やかな雰囲気だ。出迎えるスタッフの横でぎこちなく手を振っている猫だけが場違いだが、女性客からは「かわいい！」と好評だった。

『今の、女優の瀬川《せがわ》ゆうかだったよ！　絶対そう』

目立たないように耳に差したイヤフォンから、ピンクの声が流れてきた。

『あっちは芸人さんだ』

「ピンク、よけいなお喋《しゃべ》りするな」

玲は襟元に仕込んだマイクに小声で返す。マスターとピンク、玲の三人は小型のトランシーバーで繋がっていた。人混みが苦手なブルーは自宅待機だ。

今夜のカウントダウンパーティは、芸能関係者のパーティということだった。だから仮面パーティなんだろう。有名人も多数参加しているらしい。招待状がなければ入れないのだが、玲たちはマスターのツテでスタッフとして潜り込んでいた。インフルエンザで人手が足りなくなっていたのがラッキーだ。

玲とマスターはバーテンダーの制服に黒いアイマスクというスタイルで、会場の一角に設けられたバーカウンターの中に立っている。フロアには豪勢な料理が並べられ、中央にはシャンパンタワーがセットされていた。新年になったら、派手にシャンパンの栓を抜くんだろう。

『――来た』

ピンクの囁《ささや》き声が耳に流れてきた。

『彼女だよ。間違いない。紫のワンピースに、レースっぽいアイマスク。五十代くらいの男と一緒だよ』

　玲はマスターに目配せした。同じ内容を聞いているマスターが小さく頷く。会場の中から、ピンクが言う服装の女を探した。

　いた。あれだ。

　レースがあしらわれたシックなワンピースに、高いヒールの華奢《きゃしゃ》なパンプス。アイマスクをつけているが、レース模様の小さなマスクなので顔立ちは見て取れた。

　小田島のスマートフォンで見た、ホステスの彼女だ。あの写真より少し大人っぽくなっている。髪はアップにまとめられていて、耳を飾る大振りのイヤリングが際立っていた。それに比べてシンプルな——シンプルすぎるくらいの、黒いひと粒石のネックレス。

　吉井久美——今の名前は吉成《よしなり》美紅だ。

　マスターは夜の街で顔が広い。美紅が働いていたクラブの従業員をたどって、彼女が現在、城戸《きど》という男と同棲していることが判明した。

　それから、芸能プロに所属しているということもわかった。依頼人に語った女優になりたいという夢は本当だったらしい。実家を出て上京し、十代の頃からモデルとして活動していたが、以前はあまり売れないモデルだった。それだけでは生活できず、水商売のアルバイトをしていたらしい。事務所で使っている芸名が吉成美紅だ。

　ホステスとしては、美紅は中程度の人気だった。けれどある時から急に、太客《ふときゃく》——たくさん金を落としてくれる客がついたという。

「同僚のホステスは、その頃から美紅は変わったと言っていた。自分は水商売じゃ終わらない、絶対に女優になってみせる、って」

店で客がつき始めた頃から、美紅はモデルとしての仕事が増えていた。そして店を辞めた後、端役でドラマにも出演している。確実に女優としての道を歩いているように見えた。

「事務所では、急に社長のお気に入りになったと噂になっているらしい。社長の愛人になったんじゃないかって」

そして今夜、芸能事務所の社長と共にこのカウントダウンパーティに参加するという情報を得て、玲たちはレストラン船に潜り込んでいた。一緒にいる男が社長だろう。

出港の時間になった。船長と主催者がマイクの前で挨拶をして、主催者が乾杯の音頭を取る。合図に合わせて、参加者たちはグラスを掲げた。

「来たる年に——乾杯！」

そして、船は出港した。これからゆっくりと時間をかけて横浜港を周遊し、海上で新しい年を迎える予定だ。

マスクは目元だけを覆うものが多いから、知人ならわかるんだろう。客たちは親し気な様子で挨拶を交わし、歓談を始める。会場にはジャズバンドが来ていて、軽快な音楽を奏でていた。料理も好評なようで、パーティは上々の雰囲気で始まった。

華やかな衣装とジュエリー。きらびやかなシャンデリアに、食べきれないほどの料理。ゆっくりと流れていく窓の向こうは、きらめく横浜の夜景。どこもかしこもきらきらと輝いて、まるで別世界のようだ。

本当に、別世界みたいだと玲は思った。自分が育った場所や、普段いる世界とは。

『社長と彼女、親しげだね。彼女、前は売れないモデルだったんだよね。それがこんなパーティに連れてきてもらえるなんて……これも〝悪魔の目〟の効果？』

コンパニオンの仕事をしながら、ピンクが無線を通して囁いてくる。

「彼女に金を落とす客が現れたのは、ネックレスを手に入れる前だろ。悪魔の目は関係ない」

『でも、洋服や他のアクセと合わないのにつけてるんだね。信じてるのかな』

美紅はずっとネックレスを身につけているようだし、家には同棲相手がいる。それで、玲たちはこの船に乗り込んだのだ。

そろそろ最初の一杯を飲み終えた客たちがバーにやってくる頃だ。玲はマイクに囁いた。

「とにかく、仕事だ。ピンク、チャンスがあったら頼むぞ」

『はーい』

「モスコミュールくれる？」

さっそく最初の客が来た。玲は笑顔で出迎える。

「かしこまりました」

バットマンのマスクをかぶった男性客は、連れの女性に向けて「君は？」と訊く。赤いドレスの女性は「おすすめはあるかしら」と微笑んだ。

「では、その赤いドレスに似合うローザ・ロッサはいかがですか？　赤ワインとジンジャーエールで作るのがキティというカクテルですが、それに甘い香りのアマレットを加えます。子猫を卒業した大人の女性にぴったりですよ」

「素敵」

女性客はにこりと微笑む。それぞれにカクテルを作って出すと、玲は薄い黒い手袋をベストのポケットから取り出した。両手に嵌《は》めて、トランプのデッキを持つ。

「よろしければ、カード占いはいかがですか？　あなたの来年の運勢を占います」

「そんなのできるの？　ぜひやってほしいわ」

女性は目を輝かせる。女性は占いが好きなものだ。玲はトランプをシャッフルし始めた。主催側には、手品の出来るバーテンダーとして売り込んでいた。バーマジックやパーティを盛り上げるマジックはお手の物だ。

「カード占いといえばタロットカードを思い浮かべる方が多いと思いますが、トランプも古来、占いに使われてきました。例えば、ハートのカードはその名の通り心、つまり愛を示すスートです」

黒い手袋を嵌めた手で、カードを美しく扇形に並べたり、一気に裏返したりする。話しながらカードを操り、客の目を眩《くら》ませる。

「クラブは繁栄、成長、人間関係など。ダイヤはダイヤモンド、つまり金運や仕事運。スペードはパワーを意味するスートで、トラブルの暗示でもあります。そしてそれぞれの数字にも意味があります。あなたは何について知りたいですか？」

「そうねえ。やっぱり恋愛運かしら」

「承知しました。では、まずこの山を半分に分けてください。だいたいでけっこうです。分けたら、どちらかの山を選んでください。これで来年の方向性が決まります」

「うーん、じゃあ、こっち」

「こちらですね。では、カードを切っていきますので、あなたのタイミングでストップと言ってください」

「わかったわ。――ストップ！」

「はい。このカードが、来年のあなたを象徴する一枚です」

女性がストップをかけた時点で一番上にあるカードを、女性の前に置く。

これは占いに見せかけたマジックで、どちらの山にもあらかじめ良い意味のカードを仕込んである。新年を祝うパーティで悪いカードが出たら雰囲気を壊してしまうからだ。カードをシャッフルしているように見せかけて狙ったカードの位置を変えず、仕込んだカードを客に選ばせるのがテクニックだ。

「さあどうぞ。あなたの運命の一枚をひらいてください」

いつのまにかカップルのうしろには人だかりができていた。興味深そうにテーブルを覗き込んでくる。

「えいっ。――ハートの9だわ」

玲は笑顔を作った。

「おめでとうございます！」

「えっ？」

「さっき、恋愛運を知りたいとおっしゃっていましたよね。ハートは愛を表すスート。その中でも9は、願望が叶うという意味です。カードはあなたに運命の恋人が現れると告げています」

「本当？　嬉しい」

女性客は頰を紅潮させて喜んでいる。集まっている客からは、自分も占ってほしいという声が次々と上がった。

「待った」と声を上げたのは、モスコミュールをオーダーした連れの男性だ。

「君、カードを操る技がプロの腕前だったぞ。マジシャンなんじゃないのか？　手品でいいカードを引かせているんだろう」

「さあ、どうでしょう」

「いいじゃないの。それならそれで。素敵なカードを引かせてくれるなんて嬉しいわ」

「よし。じゃあ今度は俺を占ってくれ。そうだな。仕事についてがいい。来年の俺の仕事運はどうかな?」

「承知いたしました。では……」

いいカードだけを引かせてくれる占いだと知れ渡ったのか、バーカウンターの周りにはますます人が集まってきた。マスターはてきぱきとオーダーをさばいている。食事もアルコールも進み、パーティは盛り上がっていた。猫の着ぐるみを着た健斗は女性客と一緒に写真を撮っている。

「君、すごいな。さっきから最高のカードをぴたりと引かせてるじゃないか。やっぱりマジックなんだろう」

占いマジックを何度か繰り返すと、客からそんな声が上がり出した。

「今度は手品を見せてくれよ」

玲はにこりと微笑んだ。

「では、ご要望にお応えして」

バーカウンターに集まってきた客の中に、美紅がいるのを確認していた。玲はグラスホルダーからワイングラスをひとつ手に取った。グラスを使うマジックは、バーマジックやステージマジックではお馴染《なじ》みのものだ。

「今宵《こよい》は素敵な紳士淑女が集まっておいでですので、ぜひみなさまにもご参加いただきたいと思います。どなたか手伝っていただけませんか？」

集まっている客たちを見渡す。客に参加してもらうのも、マジックを盛り上げるためによく使う手だ。すぐに手を上げる人はおらず、みんな様子を見ている。

「それでは――」

玲は中ほどにいた美紅に向かって片手を上げた。

「そちらの紫のドレスを着たレディ、いかがでしょうか」

「えっ、私？」

美紅はアイマスクの下の目をぱちぱちと瞬かせた。

「お願いします。どうぞ、前へ」

美紅は頬に手をあてて「えー？」と恥ずかしそうに身をくねらせる。連れの社長が「いいじゃないか。行ってみよう」と背中を押して、一緒にカウンターの前まで来た。

親子ほどの年齢差があるが、カップルのような二人だ。社長はすでに出来上がっているらしく顔が赤い。恰幅《かっぷく》のいい、少し太った男だった。

「ありがとうございます」

軽く一礼して、玲は社長の目をちらりと見た。目が赤い。酔っているからかもしれないが、白目が充血しているのだ。

「こちらのグラス、種も仕掛けもございません。確認していただけますか？」

美紅にワイングラスを差し出す。美紅はステムを持って透明なグラスをしげしげと見て、「何もないわ」と返した。

「ありがとうございます。このグラス、実は魔法のグラスなんです。ほら、こんなふうに」

玲はベストのポケットからシルバーのコインを取り出した。それを客に見せてから、左手の手のひらに置く。その手のひらで、グラスの底をトンと叩いた。

チャリン、と音を立てて、コインがグラスの中に現れた。客からは、コインがグラスの中に瞬間移動したように見えただだろう。実際は、ワイングラスを持った右手の指の間にコインを隠していて、それを落としたのだが。

客から拍手が起きる。玲はグラスをカウンターに置くと、ベストのポケットから白いチーフを取り出してグラスにかぶせた。

「このグラス、コインを通過させるだけじゃなく、なんと増やすことができるんです。お金持ちになれるグラスですね。さあ、見ていてください。――ワン、トゥー、スリー」

カウントと共にふわりとチーフを取る。グラスの中には、コインがぎっしりと詰まっていた。

わあっと拍手が起きる。美紅と社長も笑顔で手を叩いている。玲は美紅に片手を向けた。

「お客様にも魔法のグラスを試していただきましょうか。そうですね……そのネックレスを貸していただけますか?」

「えっ?」

美紅は目を見ひらいた。そして、反射のようにネックレスの黒い石を片手で握り締めた。

「これは――だめ」

さっきまで笑顔だったのに、顔がこわばっている。玲はできるだけ柔和に微笑んだ。

「素敵な魔法をかけてごらんにいれますよ」

「嫌。このネックレスはだめ。何か他のものにしてちょうだい」

「お客様…」

かたくなな態度だ。周囲がざわつき始めた。玲は雰囲気を変えるため、にこりと笑って手を社長に向けた。

「では、お隣の紳士の方。カフスボタンを貸していただけますか」

「え、ああ、はい。いいよ」

隣の社長があわてて袖のカフスボタンを外した。受け取って微笑む。

「タイガーアイですね」

「そうだ。来年は寅年だからね」

「タイガーアイは金運や仕事運を高めると言われている石です。新年にぴったりですね。では、このカフスボタンに魔法をかけてみましょう」

玲がカフスボタンとグラスを使ってマジックを始めると、一時の不穏な空気はなかったかのように、周囲は楽しい雰囲気に戻った。

（失敗した）

笑顔を作りながら、玲はマスクの下で舌打ちしたい気分だった。

玲は手品の技術とともにスリの技術を持っているが、身につけた状態でアクセサリーを掏《す》るのは難しい。だから、事前にイミテーションを用意していた。ネックレスはシンプルなひと粒石で、装飾もない。同じ形のジェットを使って贋物《にせもの》を作るのは簡単だった。少しの時間でも外させることができれば、手品を使っていくらでもすり替えられるのに。

仕方がない。作戦変更だ。

「——ありがとうございました」

カフスボタンを使ったマジックを終え、社長に返す。拍手の中、玲は胸に手をあてて深く一礼した。頭を下げた隙に、襟に止めたマイクに囁く。

「手品は失敗だ。カウントダウンの時に仕掛ける」

了解、とピンクの声が聞こえた。本当は、なるべく穏便にすませたかったのだけど。

その後しばらくは、バーテンダーの仕事に専念した。アルコールも料理も進み、パーティはいよいよ盛り上がっている。船が夜景の名所にさしかかると、司会の男がバスガイドのように解説していた。

カウントダウンの時が近づいてくると、コンパニオンが客にクラッカーを配り始めた。

「みなさん！　新しい年まで、あと十分ですよ！」

司会の男がシャンパンタワーの横に立って声を張り上げる。タワーの隣には大きなスタンド型の時計が置かれていて、長針が頂点に向かって近づいていた。

「あと八分！」

パーティ会場をきらびやかに照らしていたシャンデリアの光が、ふっと消えた。窓の外の花火を際立たせるために明かりを落としているのだ。けれど他の照明があるので、会場内は人の姿が見える程度には薄明るい。

「照明を落としているので、足元にお気をつけくださいね」

客たちは窓の方に集まり始めた。グラスの底から立ちのぼってくる泡のように、だんだん期待が高まってくる。

玲の隣にいたマスターが、すっとカウンターから出ていった。

（あと五分）

玲はカウンターの内側に隠しておいた紙袋を手に取った。マスターに続いて、目立たないようにそっとカウンターから離れる。奥のドアを開けて、スタッフ用の通路に出た。人がいないのを確かめて、紙袋からジャケットを出して着る。蝶ネクタイも普通のネクタイに替えた。スタッフ用の黒いアイマスクを外し、別のアイマスクに替える。これでパーティの参加者に見える。

別の出入り口からフロアに戻る。客の多くは左右の窓の近くにいた。ほとんどの人の注意は、花火の上がる窓の外に向けられている。

「あと二分です！」

いよいよ、というように司会者の声が高まった。

バンドは演奏をやめている。会場内は不思議な静けさに満ちていた。

「あと一分！」

けれど静かな沈黙じゃない。期待や興奮やわくわく感に満ちた、今にもはじけそうな沈黙だ。

「三十秒！」

心なしか、窓の外も静かに思えた。きっと街のあちこちで同じようにカウントダウンが行われているんだろう。

「十！」

カウントダウンが始まった。

玲は近くのテーブルから水の入ったグラスを取り上げた。それを持って、美紅の背後に近づく。美紅は社長と並んで窓の外を見ている。反対側から、グラスが載ったトレイを持ったピンクが近づいてくるのが見えた。

「九！」

計画はこうだ。0時ちょうどになると、窓の外ではいっせいに花火が上がり、港の船の汽笛が鳴る。同時に、マスターが会場内のすべての照明を落とす。あらかじめ船の電気系統は把握してあった。非常灯だけは消せないが、充分に暗くなる。ついでに司会者のマイクの電源も切る。

「八！」

会場が暗くなるのと同時に、ピンクがグラスを床に落として叫び声を上げる。真っ暗な中でグラスが割れて悲鳴が聞こえたら、騒ぎが起きるだろう。

混乱に乗じて、玲が美紅にぶつかって水をかける。騒ぎの中でぶつかって水をかけられたら、パニックになるだろう。その隙に、ネックレスをはずす。

「七！」

スマートフォンのライトをつける客がいるだろうが、少しの時間とわずかな暗闇があれば、玲には充分だ。あとはイミテーションをその場に落とし、すばやく会場を出ればいい。ピンクがスタッフとして美紅を助け起こし、「落ちていましたよ」と贋物のネックレスを渡す。玲はバーテンダーの服装に戻って何食わぬ顔をしてバーに戻る。それで完了だ。

「六！」

美紅の後ろ姿に近づく。アップにしたうなじにネックレスの留め具が見える。暗闇で使えるよう、手の中に小さなペンライトを忍ばせた。

「五！」

司会者の声が響く。会場内には静かな興奮が満ち潮のように高まっている。

「四！」

その時だ。

美紅の隣にいた社長が、「うっ」と呻《うめ》いて胸を押さえた。

「三！」

「社長？」

美紅が振り返る。「ううっ」とさらに呻き声を上げて、社長は前かがみになった。まるで首を絞められているみたいに、顔が見る見る赤くなっていく。目も真っ赤だ。

「二！」

そのまま、社長はばったりと倒れた。

「きゃあああ！」

美紅の叫び声がフロア中に響き渡った。

一とゼロのカウントはなかった。それでも手筈《てはず》通りに会場の照明は落ち、窓の外では花火が上がり、汽笛が鳴り、フロアはパニックに陥った。

「なに？」

「叫び声が」

「なんで真っ暗なんだ？」

「いやっ、怖い」

「おい、誰か倒れたぞ！」

「明かりをつけろ」

「社長！　社長！」

「押さないで」

（なんだこれ）

暗闇の中をうごめく人波を前に、玲は戸惑っていた。たくさんの人がいっせいに動き出したせいで、ターゲットを見失いそうになる。

（どうなってるんだ）

とはいえ、騒ぎが起きるのは計画通りだ。玲は手の中でペンライトの明かりをつけ、美紅がいたあたりに向かって足を踏み出した。

「早く明かりを！」

聞き覚えのある声が聞こえた。

近くで小さな明かりが灯《とも》った。スマートフォンのライトだろう。その光に、高く積まれたシャンパングラスがちかりと反射した。

「うわっ」

ドン、と音がした。

何が起きたのか、一瞬、わからなかった。

玲はシャンパンタワーのそばを歩いていた。グラスのタワーはテーブルの上にピラミッド型に積まれている。華奢なグラスが作る、脆《もろ》く美しいピラミッド。そのテーブルに、押された人が勢いよくぶつかった。

（え）

その頃には、あちこちで小さな明かりが灯り始めた。いっせいに崩れ始めるグラスが光に反射して、キラキラと輝きながら雪崩《なだ》れ落ちてくる。こちらへ――玲に向かって。

「危ない！」

目を見開いて動けずにいた玲に、バフッと何かが覆いかぶさってきた。

その何かに押し倒され、玲は横向きにフロアに倒れた。

ガシャーンと大きな音が響き渡る。

「きゃあああ！」

「グラスが倒れたぞ！」

「気をつけてください！」

「早く明かりをつけろ！」

悲鳴。混乱。足音。怒号。

（ばふ？）

玲はうつぶせに床に倒れていた。全身に圧を感じる。何かあたたかくてやわらかなものにすっぽりと覆われている。そのやわらかなものが、バフッと覆いかぶさってきたのだ。落ちてくるグラスから、玲を守るために。

「大丈夫ですか?」

覆いかぶさっていたやわらかなものが身を起こした。

茶色と黒の毛並み。大きな猫の——健斗だ。

「誰か、早く明かりを!」

(まずい)

とっさに思ったのは、面倒なことになった、ということだった。

健斗は玲だと気づいていないようだが、明かりがつけばわかるだろう。自分は今、わざわざ服装とアイマスクを替えている。

(くそ)

失敗だ。玲は無言で強く健斗の体を押し返した。毛皮の下から、なんとか脱け出す。

「あっ、ちょっと」

声を上げる健斗を無視して、非常口の表示を目指した。いったんバーテンダーに戻らなくてはいけない。

足早に会場を出る。襟のマイクに向かって「失敗だ。計画中止。元の配置に戻って、陸に着いたらすぐに撤収」と囁いた。

『了解。社長、心臓発作か何かみたい』とピンクの声が応答した。

船内の照明はすべて落としていたが、徐々に復旧が始まっているようだった。複数の足音がバタバタと会場に向かって走ってくる。物陰に隠れてやり過ごして、玲はため息をついた。

失敗だ。何もかもが。

大失敗だ。

◇

散々なバースデーだった。

新年が明けて三日。まだ日本中に漂っているお祝いムードもお休みムードも、三百六十五日二十四時間態勢の警察署内には最初から存在していない。年末年始は忘年会に新年会、各種パーティ、初売り、初詣など、人が集まる機会が目白押しだ。アルコールも入る。当然、スリやひったくり、置き引きなどの被害が多発して、盗犯係は大忙しだった。

「調書取ってきました。でも、何を訊《き》いても酔ってたから覚えてないって。お手上げですよ」

仕事始めから仕事に追われ、健斗《けんと》はぐったりと自席に腰を下ろした。

「こっちもよ。なのに犯人は捕まえろ、警察は何をしてるんだ、って。警察は超能力者じゃないっての」

隣の席の花岡美華《はなおかみか》巡査部長が、うんざりした顔で応える。花岡は健斗の指導係で、とても優秀で真面目な刑事なのだが、そんな彼女でも文句のひとつも言いたくなるらしい。

健斗はパソコンを立ち上げた。そこに、背後からガッと首に腕が回ってきた。

「うっ」

「よう、真柴《ましば》」

見なくてもわかる。生活安全課の刑事、柳《やなぎ》だ。

「新年早々、カウントダウンパーティで人命救助したんだって？」

「せ、先輩…」

ぐぐ、と腕を持ち上げ、どうにか逃れる。柳は健斗を見下ろして、にっと笑った。

甘いマスクに片頬のえくぼ。あいかわらず刑事には見えない優男だ。これでも高校の剣道部のOBだが、だからといって挨拶代わりにヘッドロックをするのはやめてほしいと思う。

「カウントダウンパーティ？」

花岡に問われて、健斗はちょっとばつの悪い思いをした。忙しい中、大みそかは早めに上がらせてもらい、元日は休みをもらっていたのだ。同僚の多くは初詣の警備に駆り出されていたのに。

「えーと、知り合いに呼ばれてちょっと」

「それは全然いいわよ。真柴くん、大みそかが誕生日なんだよね。だから係長だって休みをくれたんだし。でも、人命救助って？」

「なぜかそういうことになって……」

人命救助と言えるほど華々しい活躍をしたわけじゃない。ただ何かの発作で倒れた人がいて、自発呼吸をしていなかったので、心肺蘇生法《そせいほう》に従って救命措置をしたのだ。救命講習は何度か受けているが、実践するのは初めてだった。さいわい息を吹き返してくれて、陸に着いて救急車に引き渡した時はほっとした。

「お手柄じゃない。よくやったわね」

「はあ、どうも」

「でも真柴、猫の着ぐるみ着てたんだって？」

「！　それは」

にやにや笑いで柳に言われて、健斗はあわてた。

「猫の着ぐるみ？」

「いやあの、余興で着させられて……柳先輩、なんでそんなこと知ってるんですか？」

「神奈川《かながわ》県警に知り合いがいるから」

「どこにでも知り合いがいるんですね……。でもあれ、事件じゃないですよね。倒れた人はもともと心臓に疾患があったみたいだし、船の明かりが消えたのは電気系統のトラブルだって聞きました」

「まあな。でも通報した人がいたんで、いちおう調べたらしい。グラスが割れたりした以外は被害はなくて、事件じゃなくて事故ってことになったみたいだけど」

「そうですか……」

でもそういえば、と健斗は思い出した。おかしなことがひとつあった。倒れた人の連れの女性が、いつのまにか姿を消していたのだ。たしか紫のドレスの女性が一緒にいて、「社長！」と呼んでいたはずなのだが。

そのせいで、健斗が救急車に同乗するはめになった。猫の着ぐるみを着たままでだ。救急車の中では脱げなくて、着ぐるみのまま病院の人に対応して、警察官だと知られて大恥をかいた。やっと脱ぐと下は薄着で、真冬の寒さの中、凍え死ぬかと思った。さんざんなバースデー＆ニューイヤーだった。

（玲《れい》さんとも、そのまま別れちゃったしな）

そんなこんなでバタバタしていたので、玲とは会えずじまいだ。本当は、新しい年の一番最初に会いたかったのだけど。

「まあでも、お手柄だよ。今夜は飲みにいくか。…と言いたいところだけど、オレも仕事だわ」

いつもだったらもっとからんでくるところだが、生活安全課も忙しいんだろう。「じゃあな」と肩を叩《たた》いて、柳は刑事課を出ていった。入れ替わりで、盗犯係の係長、辰村《たつむら》が入ってくる。

「自転車のひったくり、花岡と真柴が担当だったよな？」

渋い風貌の辰村は、地獄声と称される渋い声で言った。

「代々木《よよぎ》で起きたひったくり、犯人の特徴が似てる。話聞いてきてくれ」

「はい！」

健斗と花岡は揃《そろ》って答える。健斗はパソコンの画面を閉じ、引き出しから捜査資料を取り出した。


（休みか）

たぶんそうだろうと思いはしたけれど。

健斗はマジックアワーのドアの前にいた。地下への階段は表にはなく、ビルとビルの間の路地に入らなくちゃいけない。営業中はそこに小さな明かりが灯《とも》るのだが、今はついていなかった。

ドアの前にはCLOSEDのプレートがかかっている。まだ一月の三日だから当然かもしれないが、そもそもマジックアワーは不定休だ。定休日も閉店時間も決まっていない。どこにも宣伝していなくてサイトもないから、いつ営業しているのかわからない。

（連絡先もわからないしな……）

携帯電話の番号やＩＤを教えてくれと玲に迫ったら、スマートフォンを持っていないと断られた。そんなはずないでしょうと粘ったら、ふだん持ち歩かないし、返事を待たれるのが嫌だから教えないとそっけなく言われた。

（これ、どう考えても恋人じゃないよな）

薄々わかってはいたけれど。でも、だったらどうして、と思う。そっけない顔の裏側が知りたくて、みっともなくても足掻《あが》いている。

（実家とか……いや、天涯孤独なんだっけ）

電話番号は知らなくても、彼がこのビルの最上階に住んでいるのは知っていた。健斗はいったんビルの外に出て、表玄関に回った。

一階は何かの店舗だったようだが、扉が閉め切られ、長く封鎖されている様子だ。その奥にあるエレベーターも古く、一見動きそうにないが、実は稼働するのを知っている。健斗はレトロなエレベーターのボタンを押して乗り込んだ。

中に入ると、センサー式のライトがぱっと点《つ》く。ガタガタと揺れながら四階に到着した。出ると古いオフィスのような廊下で、古いオフィスのようなドアがある。

ドアの前に立って、戸惑った。インターフォンもチャイムもない。元々オフィスだったからだろう。

他にどうしようもなく、古いスチールのドアを拳で叩いた。ガンガン音が鳴るけれど、人が出てくる気配はない。中からはなんの物音も聞こえない。

「うーん……」

健斗はドアの前で考え込んだ。時刻は夜の八時を回っている。しばらくここで待ってみようか。

(またストーカーって言われるかな)

悩んでいると、エレベーターの箱が動き始める音が聞こえた。下で誰かに呼ばれたらしい。玲が帰ってきたのかと、健斗は期待してエレベーターの前で待った。

ゆっくりと扉が開く。中に人が一人立っている。その姿を見て、健斗は思わず「うわっ」と声を上げて後ずさりした。

「お」

相手は眉を大きく上げた。

「け、警部補」

警視庁の刑事、刀浦《とうら》だ。

「おまえ……新宿《しんじゅく》署のひよっこじゃねえか」

三白眼にじろりと見られ、嫌な汗をかいた。まさかこんなところで会うなんて。

「へーええ」

意味深な笑みを浮かべながら、刀浦はエレベーターから出てきた。

「ひよっこだと思ってたけど、案外やるじゃねえか」

「え」

「もう玲の部屋に上がり込んでんのか。おれも入ったことねえのにな。寝たのか？」

玲の恋人になって身辺を探れ。刀浦からは、そう命令されていた。承諾した覚えはない。騙《だま》して身辺を探るようなことをするつもりはない。でも。

（この人も、玲さんがここに住んでるって知ってるんだな）

でも、そばにいることで玲を守ることができると言われ、渋々ながら同意した形になっていた。探って報告する気はないけれど、玲の身辺に危ないことがあるなら知りたい。どうして刀浦が見張ろうとするのか。玲と刀浦の関係はなんなのか。――玲はどういう人なのか。

『俺とあんたは共犯関係だからな』

刀浦に向かってそう言ったのは、玲だ。まったく仲がよさそうではなかったけれど、何かただならないものを感じた。

正直、嫉妬した。自分よりも刀浦の方が、玲をよく知っていて繋《つな》がりが深い。腹の底がじりじりする。

「そんな関係ではありません」

わざと丁寧な口調で言って、顔を背けた。

「子供の頃の知り合いなんですよ。お世話になったから、恩人っていうか……何かトラブルがあるなら力になりたい。それだけです」

「ふーん？　子供の頃、ねえ。玲がいくつの時？」

「中学生です」

「中学生……」

刀浦は考え込む顔になる。健斗は思いきって訊いてみた。

「警部補、玲さんが天涯孤独だって言ってましたよね。家族はいないんですか？」

「家族は……」

刀浦はいったん言葉を切って、空を見つめた。それから、あっさり言った。

「ほとんど死んでる」

健斗は小さく息を呑《の》んだ。刀浦はそのまま続ける。

「でも、兄貴がいる」

「お兄さん？」

「今は行方不明だ。――いいか」

刀浦は大きく一歩近づいてきた。ぐっと顔を寄せてくる。やくざよりもやくざっぽい、刑事らしい面構えだ。きつい煙草《たばこ》の匂いがした。

「玲が兄貴と連絡を取っているふしがあったら、おれに知らせろ。名前は玖郎《くろう》だ。内容を探って、できれば玖郎の居場所を突き止めろ」

「くろう……」

健斗は口の中で小さく呟《つぶや》いた。それから、刀浦を見た。

「それは警察の仕事なんですか」

「もちろんだ」

「それが、玲さんを守ることになる？」

「そうだ。玖郎は今、どこにいて何をしているのかわからないが、犯罪に関わっている可能性がある」

「……」

驚きはしなかった。知りたいのは、玲のことだ。

「玲さんがお兄さんと共謀して犯罪に加担していると、警部補は考えてるんですか」

刀浦はふんと鼻を鳴らした。

「共謀か。共謀はしてないだろうな。でも、連絡を取っているかもしれない」

「犯罪というのは、どんな？」

刀浦の顔をじっと見る。束《つか》の間《ま》、しっかりと視線が合った。

「――ひよっこには話せねえな」

刀浦の方が、先に視線を逸《そ》らした。

「だったら、自分も命令は聞けません」

目と腹に力をこめて、言い返した。

「何も聞かずに言うことを聞けなんて、承服できません」

「ああ？」

眉を大きく上げて、三白眼が睨《にら》みつけてきた。

刀浦は本庁の組織犯罪対策部所属だ。暴力団を相手にする部署で、いわばやくざのプロだ。本人もやくざばりにガラが悪い。刀浦の目は刃物みたいだと思った。それも切れ味の悪い。切れ味がよければ、すぱりと綺麗《きれい》に切れて傷もすぐに治る。だけど刀浦の刃は、刃こぼれして切れ味が悪そうだ。使い込んでぼろぼろになっていそうな。

内心、ひやりとした。相手は警視庁で、警部補だ。

だけど自分はこの男の部下じゃない。本庁の捜査に加わっているわけでもない。コマとして使われるつもりはなかった。

ひるまず視線を合わせ続ける。すると、刀浦がふっと息をこぼした。唇を歪《ゆが》めて、苦々しそうな、笑ったような。

「おまえ、空手と剣道の有段者で、機動隊にいたってな」

健斗のことを調べたらしい。健斗は「はい」とだけ答えた。

「盾くらいにはなりそうじゃねえか。本気で玲に関わる気があるのか?」

「もちろんです」

「……」

刀浦は少し考える顔をする。エレベーターの方をちらりと見て言った。

「ここじゃ駄目だ。いつ玲が帰ってくるかわかんねえからな。おまえ、まだ警察官だってばれてないんだろうな」

「はい」

「よし。じゃあまた連絡する」

それだけ言うと、刀浦は止まったままだったエレベーターにすばやく乗り込んだ。扉が閉まり、箱が下りていく。

「――はあ」

健斗は思わず大きく息を吐いて壁にもたれた。野犬と睨み合っていた気分だ。

(お兄さん……)

ほんの少しだけ、玲に近づけた気がした。でも。

(犯罪)

覚悟はしていたつもりだった。でも、目の前にぽっかりと暗い穴が開いたみたいだ。覗《のぞ》き込むと、底には濁流が流れている。飛び込んだら、どこに連れていかれるかわからない。

健斗はずるずると沈むようにその場に腰を下ろした。古いリノリウムの床が冷たい。ネクタイをゆるめてワイシャツの首元のボタンを開けて、首から下げているネックレスを引き出した。チェーンの先には、青い石。宝石でもなんでもない、ただの石ころだ。だけど健斗の目には魔法の石に見える。

指先で持って、天井のライトにかざしてみた。つるりとした表面が光をはじく。

──人はみんな、自分だけの宝石を持って生まれてくるんだ。

そう言ったのは、学生服を着ていた十三年前の玲だ。あの頃の自分にとっては年上のお兄さんだったけど、大人になってから思い出すと、まだ庇護《ひご》を必要とする少年に思える。

──それは、いつだって胸のうちで輝いている。暗い夜でも、ひとりの時も。

だけど彼は、自分よりももっと幼い子供だった健斗を守ってくれた。笑わせることで。逃げ場を作ってくれることで。そして、この青い石を健斗の手に握らせてくれた。

──石が教えてくれる方へ進めばいいんだよ。それが健斗の進む道だから。

彼がどうして夕暮れの川原にいつもひとりでいたのかは知らない。あの頃の彼が、あまり寂しくなかったらいいと思う。

(今の自分なら)

今の自分なら、きっと少しは力になれる。守られるだけじゃなく、守ることができる。そのためにここまで歩いてきたのだ。今さら引き返せない。

「……っし！」

ネックレスを胸元にしまうと、健斗は気合いを入れて勢いよく立ち上がった。ひと気のないビルは冷える。体を温めようと、その場で足踏みを始めた。


「……何やってんだよ」

エレベーターの扉が開いて玲が出てきた時、健斗はコートを脱いでスクワットをしていた。集中していて、エレベーターが上がってきたのに気づかなかった。

「いやあの、ちょっと体がなまってたんで、トレーニングを」

照れ笑いをして、バッグの上に置いていたコートを着る。玲は理解不能なものを見る目で健斗を見た。

「ていうか、なんでこんなところにいるんだよ」

「店が休みだったんで、玲さんいるかなと思って。玲さんはどこへ行ってたんですか」

「飯食いに行ってただけ。マスターいないしな」

そう言う玲は、ダウンコートを着てマフラーをぐるぐる巻きにしている。バーテンダーの格好以外はあまり見られないので、健斗は嬉《うれ》しくなった。

「あけましておめでとうございます」

カウントダウンパーティ以来会えなかったので、まずそう言った。玲は「ああ」とだけ返す。

「パーティ、大騒ぎになってましたが大丈夫でしたか？」

「まあ臨時のバイトだからな。さっさと帰ったよ」

「そうですか。俺なんか、着ぐるみのまま救急車に乗せられて大変でしたよ」

思い出して、情けない顔になったんだろう。玲は笑みをこぼした。

「ご苦労だったな」

「賑《にぎ》やかしにはあんまり役に立たなかった気もしますが」

「いや、助かったよ……そうだ、バイト代払ってなかったな」

「あ、いえ。俺、公務員で副業禁止なので、お金は受け取れないです」

片手を上げて遮ると、玲は首を傾《かし》げて少し考えた。

「じゃあ今度、メシでも奢《おご》るよ。それでいいか？」

「あ、だったら今から出かけませんか？」

思いついて、健斗は声を弾ませた。いつも店で会うばかりなので、一緒にどこかに出かけたいと思っていたのだ。

「今から？　どこへ」

「初詣に行きませんか」

「初詣？」

　玲はあからさまに嫌そうな顔になった。そんなに嫌な顔をしなくても、と思う。

「もう神社閉まってるだろ」

「おみくじとかは引けないけど、お参りだけだったらできますよ」

「俺、お参りとかしないから」

「ええー…」

　自分はそうとうがっかりした顔をしたんだろう。玲はしばらく仏頂面をしていたが、やがて小さく息をこぼした。

「しょうがないな」

「いいんですか?」

　ぱっと顔を明るくすると、玲は苦笑する。それから、小さく付け加えた。

「健斗には助けられたからな」


「――どうしてここなんですか」

「いいだろ。近いし」

　夜闇に白黒の虎と龍が浮かび上がっている。低くかまえた虎は今にも咆哮《ほうこう》を上げそうに牙を剝《む》き出しにし、反対側の龍も大きく口を開けてぎょろりとした眼で人間を見下ろしていた。

猛々《たけだけ》しく迫力があって、初詣なのに心が晴れやかにならない。

「すぐ近くに花園神社《はなぞの》もあるし、他にも有名な神社があるのに……」

健斗がぶつぶつ文句を言うと、玲は皮肉っぽく笑った。

「いいだろ。商売繁盛の神様だ。弁財天って水に関係してるんじゃなかったっけ。水商売の神様だな」

ここは歌舞伎町《かぶきちょう》弁財天だ。

新宿歌舞伎町のど真ん中、歌舞伎町公園という小さな公園の中にある。本堂はビルと繋がった二階にあり、四方八方をビルに囲まれた小さな神社だ。本堂の前には琵琶《びわ》を持った弁財天の像が置かれている。普段は人が通り過ぎるばかりで参拝者は少なく、狛犬《こまいぬ》ならぬ虎と龍が異様な雰囲気を作り出していた。

壁に描かれた虎神と龍神は、元々あったものではなく歌舞伎町アートプロジェクトの一環として描かれたものだ。神社らしい厳かさや神聖さはないが、猥雑《わいざつ》で活気のある新宿歌舞伎町に、合っているといえばこれ以上なく合っていた。

「うう、寒いな」

玲はダウンコートの体を縮め、マフラーに口元まで埋めている。漏れる息が白かった。

「俺、寒がりなんだよ」

「筋トレして筋肉つけると体温上がりますよ」

「ごめんだね」

周囲のビルにはけばけばしいネオンが輝き、客引きを取り締まる大音量の放送がひっきりなしに流れてくる。初詣には不似合いだが、流しているのは健斗の勤め先の新宿警察署なので文句は言えない。まあいいかと、健斗は財布を取り出した。

正月なので、奮発して五百円玉を賽銭《さいせん》箱に投げ入れる。賽銭箱はどっしりとした石造りだ。木製じゃないのは盗難防止だろうか。

「えーと、二礼二拍手……」

二回礼をして、パンパンと景気よく柏手を打つ。目を閉じて、手を合わせた。最後にもう一度、礼。終わって振り向くと、玲はポケットに手を突っ込んだまま健斗を眺めていた。

「玲さんはお参りしないんですか」

「俺、神様には願わないから」

「どうして？」

訊いても肩をすくめるだけで答えてくれない。代わりに、健斗に訊いてきた。

「健斗は何を願ったんだ？」

「まあ普通に、健康で無事に暮らせますようにって」

警察官なので、商売繁盛は願わなかった。「母の分も」と付け加えると、玲の顔が少し陰った。

「……お母さん、元気か」

健斗は母親の自殺未遂直後に玲に会っている。十二歳の時のことだ。あの時、中学生だった玲が、健斗の手に青い石を握らせてくれたのだ。

「元気ですよ」

健斗は大きく笑顔を作った。

「昔よりもずっと元気です。今は別々に暮らしてますけど、正月にちょっとだけ帰れたんで、一緒に雑煮を食べました」

「そう」

ふっと力を抜くように、玲の顔がゆるんだ。

バーテンダーの時には見せない、隙のあるやわらかい表情だ。嬉しくなって——同時に少し、胸が痛んだ。そんなふうに隙を見せると、なんだか寂しそうに見えたから。

(玲さんの家族は)

訊きたいけれど、訊けなかった。訊いてもきっと答えてくれないだろう。

公園の前をにぎやかな酔っぱらいのグループが通り過ぎていく。その喧騒《けんそう》が去ったあと、人がひとり、公園の中に入ってきた。

石畳にコツコツとヒールの音が響く。女性だ。健斗と玲は本堂の前の場所をあけて端に寄った。

美しく派手に盛られた髪に、濃い化粧。このあたりの店に勤める水商売の女性だろう。キャメルのファーコートはゴージャスだけど、スカートから伸びたストッキングの足が寒々しく見える。

女性は賽銭箱の前で立ち止まると、バッグから財布を出し、紙幣を一枚取り出した。健斗より気前がいい。賽銭箱の中に入れると、二回手を打ち、両手を合わせて目を閉じた。

「………」

長い間、女性はそのままでいた。時間が止まったみたいに。

健斗はなんとなく動けずに女性を見ていた。すると玲が袖を引いてくる。公園を出ようと歩き始めた時、かすかな音が聞こえてきた。

「…っ」

小さな小さな、喉を震わせるような。歌舞伎町の猥雑な喧騒と、新宿警察署の無粋なアナウンスの底を縫って。

「…、ッ…」

振り返ると、女性が泣いていた。派手なネイルの手を合わせて目を閉じたまま、嗚咽《おえつ》を押し殺している。カールした長い睫毛《まつげ》の下から、涙がつうっと流れ落ちた。

「行くぞ」

玲が小声で囁《ささや》いた。

公園を出て、歌舞伎町を歩く。年始早々、いや年始だからか、歌舞伎町はあいかわらず酔っぱらいや散財したがる客であふれていた。客はここで金を払って欲を買い、昼の生活で溜まった憂さを落としていく。落とされた憂さの一部はゴミ袋に詰められて翌朝のしらじらとした道路に並び、ゴミ袋に入れられない分は、ここで働く人の中に溜まっていく。

「……参拝とか祈りとかってさ」

隣を歩く玲が、ぽつりと呟いた。

「たぶん、自分の中の綺麗な部分に向かって祈るようなものなんだろうな」

「綺麗な部分?」

玲の横顔を見る。寒そうな白い頬に、ネオンの光が薄く色をつけている。

「人は目を使って世界を見ているつもりでも、本当は脳を通して——心を通して世界を見てるだろ。人それぞれ、見える世界は違う。それは本当に世界が違うってことなんだよ。だから、心に綺麗なものを持っている人の世界には、きっと本当に神様がいるんだろうな」

人によって世界が違う。

そんなこと考えたこともなかったなと思って——いや、と健斗は思い直した。

父が無差別殺傷事件に巻き込まれて死んだ時、母と健斗と、世間の人たちとでは、世界がまるきり違った。健斗にとって世界は真っ暗で冷たいものだったけど、世間ではあいかわらず陽光が降り注いで、神や仏を無邪気に信じる人たちが楽しそうに生活していた。

「……玲さんの世界には神様はいないんですか」

寂しくなって、訊いた。だけどやっぱりそんなの寂しすぎる。世界が違うなんて。

「だから願わない？」

「俺なんかが願っても無駄だからな」

「……」

でもあなたは俺に青い石をくれたじゃないか。どこかにきっと光はあるって、教えてくれたじゃないか。

心によって見える世界が変わるなら、あの時健斗の世界を変えてくれたのは、玲だ。玲が光の方向を教えてくれたから、健斗は今、陽《ひ》のあたる道を歩いていられるのだ。

だけどあれから長い年月が流れている。健斗もいろいろあったけど、玲にもあったんだろう。彼は変わったんだろうか。あの時青い石をくれた彼とは、もう違うんだろうか。

（でも……）

言葉を探していると、隣でクシュッと小さなくしゃみの音がした。

「くそ。寒いな」

玲が鼻をすすっている。鼻の頭が赤かった。

「——そうだ。ぜんざい食べませんか」

じんわりと底の方からあたたかいものが広がって、笑みを浮かべて健斗は言った。

とりあえず彼は今、隣にいる。今の彼をこれから知っていくことができる。

「ぜんざい？」と玲は聞いたこともないような顔で訊き返した。

「餅とあずきの……あ、地方によって違うのかな」

「ぜんざいは知ってるよ。でもあれ、鏡開きに食べるものなんじゃないのか」

「そうなんですか？　うちでは初詣のあとに食べるんだけど。でも俺、今年は今日が初詣だったから、まだ食べてないなって」

「……」

「食べませんか。あったまりますよ」

「ぜんざいを食べられる店なんて、もう開いてないだろ」

「レトルトでありますよ！　餅もコンビニで買えるし。そうだ、お店のキッチン貸してもらえませんか」

「マジックアワーの？」

気づくとマジックアワーのビルの近くまで来ていた。このあたりは店も人通りも少ないので、正月感は特になく、いつも通り裏寂れている。

「温めて餅を焼くだけですから。俺、そのへんで買ってきます。玲さんはお店で待っててください」

「ええ…」

気乗りしない様子なのを押し切って、健斗は繁華街の方へ取って返した。新宿は夜遅くまで開いているスーパーやコンビニも多く、レトルトのゆであずきとパックされた切り餅はすぐに手に入った。

それらを手に、ビルに戻る。ビル脇の路地の明かりはついていなかったが、地下への階段を覗くと、底に小さな明かりが灯っていた。

階段を下りて、CLOSEDのプレートが下がったドアのノブを引く。鍵は開いていた。中に入ると、カウンターにだけ黄昏のような色の灯りが灯っていた。

「お待たせしました」

「……別に待ってないけど」

玲はカウンタースツールに座っていた。コートを脱いでセーターにジーンズという格好で、コーヒーを飲んでいる。

「キッチン借りますね。えーと、焼き網……はないか。オーブントースターでいいや」

カウンターの中に入る。バーカウンターに立ったのは初めてだ。座席からは見えないカウンターの下に、調理設備といろいろな器具がコンパクトに収まっている。小鍋を見つけてレトルトのゆであずきを入れ、ＩＨヒーターにかけた。餅はオーブントースターに放り込んでスイッチを入れる。

「健斗って料理するのか?」

玲がカウンターの中に入ってきた。

「今は寮に食堂があるのでしませんけど、実家ではけっこうやってましたよ。畑もあったし」

「ふうん」

玲は鍋の中を物珍しそうに見ている。それから、酒のボトルが並んだバックバーの棚を振り返った。

「じゃあ、ぜんざいに合う酒でも作ろうかな」

「そんなのあるんですか?」

「さあ。まあやってみる」

(よかった)

意外に楽しそうな玲の様子を見て、健斗はほっとした。こんなふうに一緒にキッチンに立てるのは嬉しい。今年はスタートが散々だったけど、今夜はラッキーだ。

「正月、餅……雪国ってのがあったな。でもあれスノースタイルだから甘いんだよな」

玲は酒を選んでシェイカーを振り始める。鍋のあずきがくつくつと煮え、オーブントースターの中で餅が膨らみ始めた。

「こんなものかな」

お椀《わん》はなかったので、白いサラダボウルにできあがったぜんざいをよそった。その上に、コンビニで一緒に買ったあられを砕いてふりかける。

「できた」

割り箸を添えて、カウンターテーブルに並べる。玲はその横にロックグラスを置いた。透明な液体に氷が浮いている。

「いただきます」

並んで座って、まずはグラスに口をつけてみた。ライムとレモンの香りとさわやかな酸味が広がる。すっきりと口あたりよく、でもアルコールはけっこう強めだ。

「おいしいです。これ、なんてカクテルですか？」

「サムライ・ロック。日本酒を使ったカクテルだ」

「へえ、日本酒を使ってるんだ。でもあんまり日本酒ぽくなくて飲みやすいですね」

「生のライムがあると、もっと香りがいいんだけどな」

次に、ぜんざい。健斗は豪快に餅にかぶりついた。焼き色がついて香ばしく、噛《か》み切ろうとするとにょーんと長く伸びる。この食べにくさが餅の醍醐味《だいごみ》だと思う。

「……甘い」

一方玲は、噛み切れない餅に苦労したあげく、ぼそりと呟いた。

「たしかに市販のゆであずきって甘いですよね。田舎でばあちゃんが煮てくれたのは、もう少し甘さひかえめだったんだけど」

「でもあられがうまいな」

「そう！　あずきが甘いから、しょっぱいあられがおいしいんですよね。うちではいつもぜんざいにあられをトッピングするんです。これ食べると、正月って感じがする」

「ふうん」

「玲さんは正月に食べたいものってありますか？」

「……」

ぜんざいを前に、玲は少し考える顔になった。それから、「別にない」と答えた。

「餅って食うの疲れるし、おせちも別に」

「そうですか…」

「あ、でも」

割り箸で餅を切ろうとしながら、思い出したように玲は言った。

「栗《くり》きんとんはよく食べたな」

「へえ！　栗きんとん、うまいですよね。俺も好きです」

「パンにバター塗って栗きんとんのせて、トーストして食べる」

「えっ、トースト？　そういう食べ方、初めて聞きました。あーでも、栗のジャムだと思えば合うのかな」

「子供の頃に兄貴が考えたんだけど」

玲はきっと切れない餅に意識を取られていたんだろう。彼にしてはめずらしく、ぽろっとこぼすように、なんの気なしに口にした。

「――」

言ってから、はっとしたように少し黙る。サムライ・ロックをぐっと呷《あお》ると、ひとつ息をこぼして、話し始めた。

「俺も子供の頃、祖父母と暮らしてたんだよ。貧乏だったから、豪勢なおせちとかはなかったけど。でも栗きんとんだけはばあさんが作るんだよな。じいさんが好きだから」

「へえ」

相槌《あいづち》を打ちながら、健斗は内心でどきどきしていた。玲が自分のことを話してくれている。こんなの初めてだ。酒のせいだろうか。いや、彼は酒に強い。正月の雰囲気とぜんざいのおかげで、ちょっとノスタルジックな気分になっているんだろうか。

「でもたくさん作るもんだから、俺と兄貴は飽きてきてさ。ある日、兄貴がパンにのせて食べてみようって言い出して……バターの塩気が効いて、うまかったな」

盗み見るように、横顔を見る。見たことのない表情をしていた。優しくて、遠い――どこか遠くにあるものを目を細めて眺めているような。

嬉しかった。笑みを浮かべる過去が彼にあることが。それから、寂しかった。今はそれが遠いことが。

「ぜんざいにあられと一緒だな。甘いから、ちょっと塩気があるとうまい」

「玲さんは俺にはずっと塩対応ですけどね」

頬杖《ほおづえ》をついて、隣を見て言った。

「そのぶん、ちょっとの甘さが引き立ちます」

「Mかよ」

「もっと甘くしてくれてもいいんですけど」

「……」

にこにこして見つめると、玲はちょっと鼻白んだ顔をしてそっぽを向いた。健斗のくせに、と小声で文句を言う。

「そうだ。明日は栗きんとんトースト食べましょうか」

思いついて、健斗は明るく言った。

本当はお兄さんのことをもっと聞きたかった。他の家族のことも。でもきっと、訊いたら教えてくれない。追うと逃げられる。警戒心の強い野生動物みたいに。だから待とうと思った。彼の方から近づいてくれるまで。

「今なら栗きんとんもスーパーに売ってるし」

「えー…」

玲はまたちょっと面倒そうな顔になる。

「お店はいつまで休みなんですか？」

「うちは七日まで休みだけど。マスター、日本にいないしな」

「へえ。どこに行ってるんですか？」

「さあ」

「じゃあ、ごはん困るんじゃないですか」

「別に。店なんていくらだってあるし」

「俺、よかったら作りますよ。仕事が終わったらここに来て。えーと、でも残業もあるんで、連絡先教えてもらえますか」

「……」

「だめなら、上のドアの前で待ちます」

「やめろよ」

本気で嫌そうに、玲は顔をしかめた。

「いくら筋肉があったって、風邪ひくだろ」

そう言うと、実に面倒くさそうに、いかにも不承不承といった態《てい》で、ジーンズの後ろポケットからスマートフォンを取り出した。健斗は満面の笑みになりそうなのを抑えて、自分もスマートフォンを出した。

「じゃあ、明日は栗きんとんと食パンを買ってきますね」

「夜に甘いもの食ってばかりじゃ太るだろ」

「野菜も買ってきますけど。でも玲さんはもう少し脂肪つけた方がいいですよ」

「よけいなお世話だ」

明日の約束。正月に食べたいもの。そんなありきたりな会話が、嬉しかった。ありきたりな日常が突然断ち切られる現実を、健斗は知っていたから。

(今年はいい年になるといいな)

甘いぜんざいを嚙み締めるように味わいながら、そう願った。

東京《とうきょう》の空をペンギンが飛んでいる。

「うわ」

さっきから、健斗は上ばかり向いていた。首が筋肉痛になりそうだ。

水族館に来たのはずいぶん久しぶりだった。母親の実家から東京に戻ってきた高校生の時、友達と来て以来だ。その時も楽しかった思い出があるけれど、高校生には水族館は高いし、卒業して警察学校に入ってからは、そんな機会もゆとりもなかった。

その間に、サンシャイン水族館は大規模なリニューアルをしていた。元から都会のど真ん中、高層ビルのてっぺんにある水族館だ。その環境を生かして、なんとペンギンが空を飛んでいた。

正面から頭の上に水槽が大きくせり出し、その中を泳いでいるのだ。水槽の向こうは、都心の高層ビル群と青い空。まるでペンギンがビルの上を飛んでいるみたいだった。手を伸ばせば、白いおなかに触れられそうだ。

「なにアホ面してんだよ」

「いて」

うしろからパシッと後頭部をはたかれて、健斗は舌を嚙みそうになった。

「……なんで水族館なんですか」

振り返って背後に立つ男を見る。刀浦はにやっと笑った。

「おれ、年間パスポート持ってんだよ」

似合わない。

健斗は池袋《いけぶくろ》のサンシャイン水族館に来ていた。刀浦に呼び出されたのだ。デートだったら楽しい場所だろうけど、相手が警視庁のガラの悪い警部補では、まったく心が躍らない。

「水族館、好きなんだよ。ぼーっと眺めて頭からっぽになれるだろ」

「はあ」

「それにここなら同僚はまず来ないし、みんなお魚や連れに夢中で、こっちのことなんか見てないからな」

たしかに客は揃って水槽を見ていて、他の客のことなんて気にしていない。ここは屋外で明るいけれど、館内は照明も暗めだ。平日の昼間で、さほど混んでいなかった。ただ授業で来ているのか小学生の集団がいて、わいわいきゃっきゃと水槽に群がっている。平和な光景だった。

「天空のペンギン、か」

その中で、スーツにミリタリージャケットの刀浦は若干浮いている。まるで平和じゃない目つきで頭上を飛ぶペンギンを眺めて、呟いた。

「人間ってのは変な生き物だよなあ。ペンギンといえば飛べない鳥の代表だけど、奴らは飛べないんじゃなくて、魚を捕って食うために泳げる体に進化したんだ。生きるために、飛ぶのをやめたんだよ。それをわざわざこんなでっかい水槽を作って、都会の空なんて飛ぶはずがないのに、飛んでいるような光景を作って喜んでいる。現実にないものを作って、夢ばかり見たがっている」

「でも、年間パスポートを持ってるんですよね」

健斗が言うと、刀浦は視線を下ろして口の端を歪めた。

「現実ばかり見る仕事だからな。少しは夢も見たいだろ」

小学生の集団が去ったと思ったら、何かのツアーらしき同じバッジをつけた中高年のグループがやってきた。刀浦はちらりとそちらに目をやって、水槽に背を向けた。

空飛ぶペンギンの展示を出ると、今度は草原でペンギンたちが戯れている。サンシャイン水族館はペンギン推しらしい。

刀浦は屋外エリアをぶらぶらと歩いていく。健斗は後ろをついていった。天気が良く、寒いけれど見晴らしは抜群だ。

「それで、ご用件は」

日光浴しているカワウソを眺める後ろ姿に訊く。刀浦からは、健斗の上司には話を通しておくから自分が呼んだら来いと言われていた。けれど先輩刑事の花岡には伏せられている。仕事の合間を縫って池袋まで来るのは大変だったのだ。

「おまえ、横浜《よこはま》のカウントダウンクルーズで猫の着ぐるみ着てたんだってな」

振り向いて、刀浦が言った。予想外のことを言われて、健斗は引っくり返った声を出した。

「はっ⁉」

刀浦はにやにや笑う。

「ご活躍だったそうじゃねえか」

「どうしてそれを」

「いろいろツテがあるんだよ」

柳も刀浦も地獄耳すぎる。それともあれは、自分が思うより大きな事件だったんだろうか。

「あの時に倒れた芸能事務所の社長、いただろ」

にやにや笑いをやめて、刀浦は話を続けた。

「あ、はい」

「話はしたのか」

「いえ。倒れた時に救急処置をしただけなので」

「じゃあ、この女を見なかったか」

刀浦はスマートフォンの画面を健斗に突きつけた。

「あっ」

あの女性だった。倒れた社長と一緒にいた。パーティの時はアイマスクをつけていたけれど、たぶん間違いない。

「社長と一緒にいた人です」

やっぱりな、と刀浦は頷《うなず》いた。

「でも社長が倒れた後、見あたらなくなってしまって。船だから、陸に着くまではいたはずなのに」

「会場で二人と話していた人物は覚えてるか」

思いもよらないことを訊かれ、健斗は面食らいながら考えた。

「倒れるまでは特に注目していなかったので……よくわかりません。パーティなので動き回っていただろうし」

「会場に不審な人物はいなかったか？」

「不審……」

眉根を寄せて思い出してみる。不審といえば、たぶん着ぐるみを着ていた自分が一番不審だろう。

「そもそも仮面パーティなので、顔がはっきりしませんが……でも乗船の際に招待状をチェックするし、海の上に出てしまえば出入りできないので、招待客とスタッフ以外は入り込めないかと」

「停電の前に不審な動きをした奴《やっ》は?」

「自分は気がつきませんでした」

「社長が倒れるまで、二人に変わった様子はなかったか」

「なかったと思いますが……」

そういえば、とふと思い出した。

健斗はパーティの間、ずっと玲の方を気にしていた。他に知り合いもいないし。玲は普通にバーカウンターで仕事をしていて、手品を披露していたようで、とても盛り上がっていた。

あの時、玲がカウンターから話しかけたのだ。社長の連れの、紫のドレスを着た女性に。あの場でちょっとしたトラブルがあったんじゃなかったか……

「じゃあ、女は黒い石のアクセサリーを身につけてなかったか?」

「あ」

そうだ。玲がネックレスを貸してくれと女性に頼んだのだ。手品に使うために。それを女性がかたくなに拒否して、ちょっと変な空気になった。

そのことを言おうとして、だけど何かがストップをかけた。

「──」

内側から、首根っこをつかんでぐいと引き戻すみたいに。

言わない方がいい。

なぜか、そう思った。会場に玲がいたこと。ネックレスをめぐってちょっとしたトラブルがあったこと。

「つけていたような気がします……」

それだけ言って、口を閉じる。唾を飲んでしまいそうで、必死に我慢した。

「ふうん」

刀浦は何か考え込んでいる。背中に嫌な汗が浮いた。

そのまま、刀浦はまた歩き出した。健斗はこっそり息をこぼした。

サンシャインアクアリングと名付けられた円形の水槽の横を通る。摩天楼を背景に、陽光にきらきら輝く水の中をアシカが泳いでいる。やっぱり非現実的な光景だ。

「──おまえ、D・Tって知ってるか？」

唐突に刀浦が言った。眩《まぶ》しそうに目を細めて、アシカを眺めながら。

「ディー…T、ですか？　知りません」

聞いたことのない単語だ。

「危険ドラッグの一種だ。セックスの快感を高める、いわゆるセックスドラッグとして売買されている」

ドラッグ。盗犯係の健斗は詳しくない分野だ。危険ドラッグは種類も呼び名もたくさんあって、すぐに新しいものが出てきてあの手この手で法をすり抜けようとするので、警察官でもなかなか把握できていない。

「あまり出回っていないレアなドラッグなんだが、こいつの効き目はすごいらしい。世界が薔《ば》薇《ら》色になり、多幸感に包まれ、セックスの快楽が百倍になる」

「はあ」

陽光に輝く水槽とアシカの前では、まるで別世界の話だ。話しながら、刀浦はアクアリングを離れて屋内施設の方へ向かった。

「だがD・Tには別の使い方がある。自分じゃなく相手に使うと、そいつを意のままに操れる、というんだ」

「意のままに……操る?」

「そう。クスリが効いている間は言うことを聞いてくれるらしい。個人差はあるがな。最初のうちは意識障害も錯乱もなく、本人は気分がいい。だが使えば使うほどそいつの肉体と精神を破壊して――最終的には、死に至る」

「……」

非常に危険なドラッグだということは、わかった。でも。

刀浦はそのまま本館の中に入っていく。光にあふれた屋外エリアから建物の中に入ると、視界がすっと醒《さ》めて心なしか気温も下がった気がした。

深海のような青ざめた景色の中、多種多様な海の生き物たちが泳いだり水流に揺られたり水底にじっとしていたりする。海の生物は奇妙でカラフルだ。陸の上とはまったく違う、美しくて冷たい世界が広がっている。

「それが?」

『洞窟に咲く花』と名付けられた水槽の前で、刀浦は立ち止まった。水槽の中に洞窟に見立てられた大きな岩が置かれ、色鮮やかなサンゴやイソギンチャクが展示されている。たしかに花みたいだ。美しく奇妙な花。

「あのクルーズで倒れた社長は、D・Tを使われた疑いがある」

「え?」

「新宿の水商売の女の間で、客に貢がせることができる惚《ほ》れ薬として、D・Tがひそかに噂《うわさ》になっているんだ。一緒にいた女は元ホステスで、どこかで手に入れたらしい。社長はもともと持病持ちで、薬のせいで血管に負担がかかって倒れたみたいだな」

振り返って、刀浦は健斗を見た。

「一緒にいた女は、現在行方がわからなくなっている。倒れた社長が経営していた芸能事務所に所属していたんだが、連絡が取れなくなった」

「……」

「名前は吉井久美《よしいくみ》。今は吉成美紅《よしなりみく》と名乗っている。おまえ、一度顔を見ているだろう。通常業務をしながらでいいから、女を捜せ」

「え…」

とっさに言葉を返せないでいる健斗の前で、刀浦はスマートフォンの画面をスライドさせて別の写真を健斗に示した。

今度は男の写真だった。若い男だ。隠し撮りらしく、道を歩いているところを離れたところから撮っている。短い金髪で、格闘技でもやっていそうにガタイがいい。

「この男は城戸《きど》。美紅の男だ。こいつはD・Tの売人の疑いがある。二人は一緒にいるかもしれん。見つけたら、できれば居場所を突き止めて、おれに報告しろ。後で写真と資料をメールする」

言いたいことだけ言うと、刀浦はスマートフォンをジャケットのポケットにしまった。

「話は以上だ。じゃあ、仕事に戻れ」

水槽から離れて歩き出す。健斗の横を通って、出入り口に向かおうとした。

「待ってください」

健斗は急いで刀浦の前に回り込んだ。

「警部補、組織犯罪対策部ですよね。どこの課なんですか？」

「薬物捜査係だ」

「薬物捜査……」

やたらに喉が渇いて、抑えきれずにごくりと唾を飲んでしまった。

「あのでも、自分は盗犯係なんで」

「ああ？」

刀浦はやくざばりのガラの悪さで睨みつけてくる。さすが元〃新宿署の狂犬〃だ。腕に覚えのある健斗でも、ちょっとひるんだ。

「おまえ警察官だろ？　犯罪を前に、ごちゃごちゃ言ってんじゃねえよ」

「いや、でも」

「玲を守りたいんだろ？」

「――」

息を呑んだ。

「その薬と玲さんが……何か関係があるんですか」

「……」

刀浦は黙っている。黙ってじっと健斗の顔を見ている。切れ味の悪い刃物みたいな、ざらついた視線で。

仮面パーティ。黒い石のネックレス。栗きんとんトーストの話をしていた玲の横顔。倒れた社長。悲鳴。怒号。きらきらと降ってくるシャンパングラスのかけら。

頭の中にいっぺんにいろんな光景が浮かんで、次々と切り替わった。ドラマの回想シーンみたいに。その映像を、刀浦に見透かされているような気がした。頭蓋骨を透かして。

「おにいちゃーん！」

唐突に甲高い声が耳に入ってきて、健斗はびくっと体を揺らした。

「おにいちゃん、まってえ」

子供だ。一目散に駆けてくる小学生くらいの男の子を、もっと小さな女の子が追いかけている。後ろから母親らしき女性も来て「こら、走っちゃだめ！」と声を上げていた。

刀浦が大きく一歩近づいてきた。顔を寄せてくると、低い声で囁いた。

「玲はクスリをやっていそうか？」

健斗ははじかれたように首を振った。

「いえ！　いえ、まさか、そんな」

「何か怪しい取引をしていそうか」

「いえ。そんな様子はありません」

「兄貴から連絡はあったか？」

「自分の知る限りではありません」

ふん、と刀浦は鼻を鳴らした。

「じゃあいい。おまえは引き続き玲を見張って、ついでに吉成美紅と城戸を探せ」

言い終えて体勢を戻すと、刀浦はぽんと健斗の肩を叩いた。信頼している部下にでもするみたいに、親し気に。そして出入り口に向かって歩き出した。

後ろ姿が建物から出ていってから、健斗は大きく息を吐いた。

危なかった、と思った。何が危ないのかわからないけれど。

立ち尽くす健斗の周りを水槽が囲んでいる。青く冷ややかで、奇妙な生き物たちが生きる世界。だけど地球上では陸より海の方がずっと広く、大きく、深いのだ。人間には見えないだけで。

寒気を感じて、健斗は小さく身震いした。外に出ると、刀浦の姿はすでに屋上エリアのどこにもない。雲ひとつなく快晴の空を仰ぐと、アクアリングから反射した光が眩しく目を射た。

「柳先輩、ちょっといいですか」

ようやく柳を見つけて、健斗は小走りに駆け寄った。

しょっちゅうちょっかいをかけてくるのに、捕まえようとすると捕まらない人だ。防犯や風俗事犯に関わる課なので、柳は昼も夜も外に出ていることが多い。やっと捕まえたのは夜遅くなってからだった。

「お。どうした」

一日仕事をした後のはずなのに、笑顔がさわやかだ。柳は甘めのハンサム顔で、新宿署きってのモテ男だ。その実、食えない人なのだが。

「ちょっと訊きたいことがあるんですが」

「なんだ。仕事の話か？」

「ええまあ……あの、D・Tって知ってますか？」

「D・T？」

柳は軽く首を傾げる。

「何かの略語か暗号か？」

「危険ドラッグらしいんですが」

「ドラッグ？」

柳は形のいい眉をしかめる。

「聞いたことないけど。何かの略かな。D…ダ…デ……」

「水商売の人の間で噂になってるそうなんですが……なんでも、相手に言うことを聞かせることができるとか」

「言うことを聞かせることができる?」

しかめ面で訊き返してから、はっとしたように、柳は目を見ひらいた。

「それってひょっとして」

ちらりと周囲を見る。「ちょっとこっちへ来い」と、ひと気のない廊下の端まで健斗を引っぱっていった。

新宿署の廊下だ。一般人が出入りすることもあるが、もう遅い時間だし、周囲には署員しかいない。だから健斗も普通に話していたのだが。

「それ、誰から聞いた?」

「え、誰って」

刀浦のことは柳には言えない。健斗は曖昧に口ごもった。

「街の噂で……」

「噂?　ここらで出回ってるのか?　なんで真柴がそんなことを知っている?　盗品で出てきたのか?」

「――」

矢継ぎ早に問われ、答えられずに健斗は柳の顔を見返した。

健斗にちょっかいをかける時はへらへらしているのに、頬からえくぼが消えている。言葉に詰まっていると、柳はふっと息を吐いた。

「まあいいや。ちょうどこっちも話があったんだ」

いつも通りのうさんくさいハンサム顔に戻って、柳は笑った。

「飲みに行くか」


今年は年明けからいろいろなところに連れていかれている。豪華なレストラン船に、歌舞伎《かぶき》町《ちょう》弁財天。サンシャイン水族館。そして。

「柳さん、俺、こういうところは」

「いいから来いよ。これも新人教育のうちだぞ」

柳に連れていかれたのは、歌舞伎町だった。しかもキャバクラだ。通りの入り口にはド派手なネオンサインが輝き、林立するビルの壁面に水商売や風俗の看板が並んでいる。夜通し輝く明かりの中を、夜を楽しもうとする者、夜に逃げ込もうとする者、それを相手に商売しようとする者が入り乱れて行き交っている。

その中の店のひとつに、柳はすたすたと入っていった。店の中に入ると、ピンクの壁にゴールドの照明がきらめいている。健斗は逃げたくなったが、柳はさっさと黒服に声をかけた。

「あ、柳さん。お疲れさまです」

柳は風営法を取り締まる生活安全課所属だ。顔見知りらしく、黒服は丁寧に頭を下げてきた。

「どう、最近？　ぼったくってない？」

「やめてくださいよ。うちはいつもニコニコ明朗会計ですって」

「なんかトラブってない？　女の子騙して働かせてないよね？」

「ないですって」

「ほんと？　本人に聞くよ？」

「あ、飲んでいきます？　じゃ、ご案内しまーす」

客として入るらしい。健斗は柳に腕をつかまれ、ピンクとゴールドの店内に引っ張り込まれた。

「いらっしゃいませー。あ、柳さんだあ」

近くにいた女の子たちが近寄ってきた。柳は水商売の女性たちの人気者だ。あっという間に囲まれてしまった。露出の多い衣装に、キラキラのアクセサリー。目がちかちかする。

「みんな、最近どう？　困ったことない？」

「んー、不景気です」

「それはオレにはどうしようもないなあ。でも、なんかあったらすぐに相談してくれよ？」

「わーい。柳さん、大好きー」

「指名してー」

万引きや置き引きを相手にしている盗犯係とは世界が違う。面食らいながらボックス席に座ると、柳は黒服に「カナちゃんいる?」と訊いた。

「カナちゃん、ご指名ですね」

「とりあえず一人だけで」

黒服は女の子を呼びにいく。健斗は柳に訴えた。

「俺、こういうところ苦手なんですよ。なに話していいかわかんないし」

「仕事の話するんだよ」

「仕事の話?」

「その薬、水商売の間で噂になってるんだろ?」

「あ」

「それにもうひとつ仕事の話があって」

「もうひとつ?」

「こんばんは。カナでーす」

訊き返そうとした時、女の子がやってきた。ほっそりとした綺麗な子だ。にこにこと挨拶して、柳の隣に座る。

「カナちゃん、これ、後輩の真柴ね」

「真柴さん、こんばんは」

「あ、どうも」

健斗はぺこりと頭を下げた。綺麗な子だけど、髪も化粧もそれほど盛っていない。店も高級路線ではなさそうで、健斗はちょっとほっとした。

「真柴さんは柳さんと同じお仕事なんですか？」

水割りを作りながら、カナちゃんが話しかけてくる。真ん中の柳が口を挟んだ。

「それなんだけどさ、ほら、こないだ教えてくれただろ。〝取り返し屋のカラス〟」

「あ」

健斗は目を見ひらいた。

「あの話、真柴にしてやってくれない？」

「いいですよ」

窃盗犯の取り返し屋のカラスについては、生活安全課や地域課、少年課にも情報の提供を求めていた。噂や口コミで広まっているようなので、何かあったら教えてくれるよう頼んである。

「カラスを知っているんですか？」

前のめりになって、健斗は訊いた。

新宿署の管内で〝取り返し屋のカラス〟らしき犯行が確認できたのは、去年の十一月のことだ。コレクター垂涎《すいぜん》の人形が盗まれ、現場に黒いカラスの羽根が残されていた。カラスは依頼を遂行すると、足跡を残していくという。足跡の画像や、羽根や。新宿署で実際に確認できたのは、それが初めてだった。

盗犯係は一体となってカラスの事件を追っていた。ところが——今年になって突然、捜査が打ち切られた。

被害届が取り下げられたのだ。

被害者に訊くと、もう諦めたと言う。盗まれた人形は著名な人形作家の作で、亡くなった娘を象《かたど》ったものだった。確認すると、その人形作家が亡くなっていた。コレクターの間では、娘の人形は棺《ひつぎ》に一緒に入れられて火葬にされたのではないかと、まことしやかな噂が流れていた。

「これで終わりなんですか?」

「しかたないわ。被害届が取り下げられたら、警察ができることはないんだし」

「でも」

「被害が存在しないんだもの。何もしようがないじゃない」

花塚にそう言われ、健斗は渋々引き下がった。

それでなくても年末年始で忙しく、終わった事件を蒸し返す暇はない。でも、ずっと気になっていたのだ。

何しろ健斗はカラス本人——だと思われる女性——と接触しているのだ。なのに何もわからない。尻尾《しっぽ》を捕まえられない。刑事としてのプライドや自信なんてまだないけれど、くやしかった。

「私が知ってるんじゃないですけど、以前の職場でちょっと」

健斗の前に水割りのグラスを置いて、カナちゃんが言う。柳が付け足した。

「カナちゃんは以前は一般企業のＯＬだったんだよね」

「そうなんですよー。これでも真面目な会社員だったんですよ」

「その会社で、カラスの被害が？」

健斗が訊くと、カナちゃんは健斗の方に膝を向けてきた。スリットが深く入ったタイトなドレスを着ている。

「被害っていうか、後輩が、その取り返し屋のカラス？　に依頼したらしくって」

「えっ」

「でも本人に聞いたわけじゃないです。その子が退職した後だったので。同じ会社の人と結婚して辞めました」

内緒話をするみたいに膝を寄せてくる。膝頭が触れそうで、健斗はちょっと身を引いた。

「でも実は、同じ課の先輩が以前その相手とつきあってたらしいんですよ。元カノってわけですね。後輩の子が奪った形になっちゃって」

「はあ」

「いい子なんですけど、ちょっと無神経なところがあって。退職する時の飲み会で、婚約指輪を見せびらかしてました。けっこう大きなダイヤの指輪。お相手の実家がお金持ちみたいで」

「ははあ。もしかして、その指輪が？」

カナちゃんは大きく頷いた。

「飲み会でなくなっちゃったんですよ！　後輩はだいぶ酔ってたんで、手を洗う時にはずして忘れたんじゃないかとか、サイズが少し大きかったから落としたんじゃないかって、みんなで店中捜したんだけど、見つかりませんでした」

酔っていた後輩は一瞬で青ざめて大騒ぎしたが、その場では見つからなかった。指輪をなくしたからといって破談になったりはしなかったようで、後輩はそのまま退職し、結婚した。

「ところが」

カナちゃんはさらに身を乗り出してくる。健斗はさらに身を引いた。普段は女性刑事や女性警官としか接点がないので、女らしさを武器にしている女性とはどう接していいかわからない。

「例の先輩が、同じくらいの大きさのダイヤのネックレスをしてたんですよ！　先輩はジルコニアよなんて笑ってましたけど、あれもしかして、ってみんなで噂してました」

「ネックレスに作り替えたってことですか？」

「宝石はリフォームできますから。その話が後輩の耳に入って、後輩は先輩女性に直談判したんですけど、あたしが盗んだっていうのって逆ギレされちゃって。後輩は取り返す方法を必死で探したみたいです」

「それで——取り返し屋のカラスに？」

「噂ですけどね」

カナちゃんはにっこり笑って、健斗におつまみを勧めてくる。「私も何か飲んでいいですか?」と訊いてくるので柳の顔を見ると、「好きなの頼んでいいよ」と愛想よく答えた。慣れている。

「つまり、先輩のネックレスが取り返し屋に盗まれたってこと?」

柳が訊くと、カナちゃんは柳の方に顔を向けた。

「盗まれたっていうか、いつのまにかジルコニアにすり替わってたらしいんですよ」

「へーえ」

「先輩が同期の人との飲み会で騒いでたらしいです。でも周りは、あんたジルコニアだって自分で言ってたじゃんって冷めてました」

「すり替えられた……」

健斗は無意識に水割りをごくりと飲んだ。けっこう濃いめで、くらりと来る。

「窃盗が入った形跡はあったんですか?」

カナちゃんは首を振る。

「そうじゃないみたい。あのね、本人が言うには、占い師が怪しいって」

「占い師?」

「その先輩、占いが趣味で、あちこち行ってるそうです。それで初めて行ったところで、ネックレスに悪いものがついてるから浄化した方がいいって言われたって」

もし本当に後輩から奪ったんだったら、そりゃ後輩の怨念がついてますよね、とカナちゃんは肩をすくめる。

「はずして渡したんですか?」

「でも、ほんのちょっとですよ? 目の前のテーブルに置いて、呪文みたいなのを唱えただけ。でも」

カナちゃんは今度は健斗に腿《もも》を寄せてきた。水商売のテクニックなんだろうが、健斗にとっては居心地が悪い。

「そこ、占い館の一角なんですけど、先輩がいた時に停電があったらしいんですよ」

「停電?」

健斗は眉をひそめた。胸の中で、小さく何かが引っかかった。

「館っていっても雑居ビルなんですけどね。ワンフロアにいろんな占い師がいるんですけど、そのフロアだけ停電したらしいです」

「……」

「でも、すぐに復旧したんですって。ほんの数秒、せいぜい十秒くらい。ネックレスはそのままテーブルにあって、先輩はそれをつけて帰ったそうです。ただ家に帰ってから、微妙にデザインが違うことに気づいたって。リフォームだから オリジナルのデザインで、ちょっと凝ってたんですよね」

「調べたんですか？」

「ジルコニアって、ダイヤと違って水を弾《はじ》かないっていうじゃないですか。試してみたら、ジルコニアだったたんだって」

「……」

ネックレス。停電。

頭の中で何かがちかちかと点滅する。最近、同じワードを聞かなかったか？

（いや、でも）

健斗は無意識に小さく首を振った。あれは関係ない。別に何も盗まれてないし、なくなったりもしてないし。

心の棚にあるものをよけて隅に置くみたいに、健斗はそれを意識から除外した。深く考えるのをやめた。かわりに、カナちゃんに訊く。

「後輩さんはほんとにカラスに依頼したんですか？　後輩さんに会えますか？」

「えー、だめですよ」

カナちゃんは明るくばっさり断った。

「真柴さん、柳さんと同じご職業なんでしょ？　もし取り返し屋に依頼してたって、そんなの言うわけないじゃないですか」

「う。じゃあ先輩さんには…」

「だめですって。すり替えられたなんて訴えたら、婚約指輪盗んだってばれちゃうでしょ」

「……」

健斗は唇を噛んだ。取り返し屋がれっきとした窃盗で、ネットで噂になっているのに、表面に現れない理由はこれだ。

被害者も依頼人も訴え出ない。事件が存在しない。例えば後輩の女性が婚約指輪を奪われたと警察に訴えたとしても、この状況では警察は何もできない。

何もできない。してくれない。だったら——

（でも……）

膝の間で指を組み、健斗はじっと考え込んでしまった。そこに、柳が口を出した。

「真柴、訊きたい話はもうひとつあるんだろ？」

「あ」

健斗は顔を上げた。

「えっと、カナ…さん」

「はい」

「D・Tってご存じですか？」

カナちゃんは首を傾げた。

「ディーティー？　なんですかそれ？　知りません」

「あのさ、ここらで新しいドラッグが流行《はや》ってるって聞いたことないかな」

柳が助け舟を出してくれた。カナちゃんは頬に人差し指をあてて考える。

「ドラッグですか。私、けっこう堅い方なんで、そういう話が寄ってこないんですよね」

「ドラッグじゃなくても、なんか気分が上がるサプリとか、気持ちがよくなるドリンクとか」

「うーん。私はやってないし、新しいのも聞いたことないですね」

自分で言っている通り、カナちゃんは身持ちが堅いらしい。もしそういうものがあっても絶対に手を出しちゃだめだよと柳が言って、話は終わった。

「ありがとね。またなんかあったら教えてくれる？」

「はーい。また指名してくださいね」

カナちゃんが席を立つ。しばらく二人にしてくれと言ったので、テーブルには誰も来なくなった。隅の席に案内されたので、周囲の賑わいからは少し離れている。

「まだ流行ってるってわけじゃなさそうだな。その薬、ほんとにここらで出回ってるのか？」

濃い水割りをビールのようにごくごくと飲んで、柳が言った。

「出回ってるってほどじゃないみたいですが……」

健斗は舐《な》めるように水割りに口をつけた。

「先輩は知っているんですか？　その薬」

「D・Tなんて薬は知らない。それ、どんな薬なんだ？」

真顔で問われ、健斗はとまどった。口に出すと嘘《うそ》くさい話になりそうだ。

「あの、噂ですが……人を意のままに操ることができる、と」

「意のままに操る？」

柳はぐっと身を乗り出してきた。

「自分じゃなく相手に使うと、なんでも言うことを聞いてくれるようになる、とか」

「……」

柳はますます険しい顔になる。健斗にはあまり見せない顔だ。少し考え込んでから、口をひらいた。

「D・Tっていう薬は知らないが、デビルス・ティアーズって名前のドラッグなら、聞いたことがある」

「デビルス……ティアーズ？」

今度は健斗が顔をしかめた。

「〝悪魔の涙〟とも呼ばれていた。目が真っ赤になる、血の涙を流すって言われていて、そういう名前がついたみたいだな。毛細血管が切れて白目が充血するってのは、ドラッグじゃよくあるんだが」

「その薬に、そういう効果があるんですか？　人を意のままに操るっていう」

「そんな話はたしかに聞いたことがあるが……」

呟いて、柳は体を戻して背もたれにもたれた。

「でも、かなり前の話だよ。オレが警察に入る前のことだ」

「そんなに前なんですか。名前を変えて出回ってるんですかね」

「うーん、そもそもめったに出回らないレアなドラッグで、都市伝説みたいなものだったんだが」

拳を口にあてて、柳は考え込んだ。

「でも、そういえば警察に入ってから噂で聞いたことがあるな。あの薬……」

ひとりごとのような呟きで、よく聞こえなかった。耳を寄せて「なんですか?」と訊くと、柳ははっとして顔を上げて健斗を見た。

「――」

まるで幽霊にでも会ったみたいな顔だった。

一瞬で血の気が引いたような。

健斗の方がぎょっとして、身を引いた。

「え。なんですか。どうしたんですか?」

「いや……」

我に返った様子で、瞬きする。何かを振り払うように、柳は首を振った。

「いや、なんでもない。オレの勘違いだ」

「え？」

「思い違いだよ。オレが警察入る前の話だからな」

「でも、そういうドラッグは存在したんですね？　どういう薬なんですか。形状は？　MDMAみたいな錠剤なんですか。それとも…」

「なんでそんなことを知りたがるんだ？」

健斗の言葉を遮って、柳は訝《いぶか》しげに訊き返してきた。

「そんなやばい薬の話、いったいどこで聞いてきた？　D・Tなんて薬、生安じゃ把握してないぞ」

「いえ、あの……ほんとにちらっと聞いて、気になっただけなんで」

「……」

柳は不審そうに健斗の顔を見つめてくる。健斗はつい水割りを呷ってしまった。飲みつけないウイスキーにむせてしまい、ごほごほと咳《せ》き込む。

「とにかく、オレはよく知らないよ。デビルスなんとかも、D・Tって薬のことも」

話を終わらせる口調で言って、柳もグラスを傾けた。

「だいたい真柴は盗犯係だろ。薬になんて関わらなくていいよ」

「はあ」

「変な噂があったら、オレに教えろ。薬なんて生安か組対か、それとも厚労省の麻取に任せておけばいいんだよ」

「……」

　グラスが空になったので、柳は自分で水割りを作り始めた。かなり濃い。ここでこの人と飲んでいるとぐでんぐでんになりそうだ。健斗は自分のグラスに水を足した。

「そういえば先輩って、本庁の刀浦警部補とは面識ありますか?」

　思い出して、別のことを聞いてみた。

「刀浦警部補?　ああ、〝新宿署の狂犬〟」

　柳は大きく頷く。

「新宿署の強行犯係だったんですよね。こないだ窃盗の現場に現れて、花岡さんが嫌がってたんですが」

「現場に?　へえ。あの人が新宿署にいた頃、俺は地域課で交番勤めだったから、直接話したことはほとんどないな。花岡さんも交番で……途中で鉄道警察に行ったかな」

　柳は花岡と警察学校の同期だ。

「でも有名人だし、たまに新宿署に来るから顔は知ってるよ。花岡さんはああいう人は苦手だろうなあ」

「なんで盗みの現場に来たんでしょうか」

「さあ、知らないけど。今でも刑事課と繋がりがあるみたいだな。現場って?」

「例のカラスです」

「へえ……刀浦さんって本庁の組対に行ったんだよな。窃盗現場になんの用があるんだろうな」

濃い水割りを飲みながら、柳は考え込む。俳優のような仕草で長い足を組んだ。

「そういえば、刀浦さんが新宿署にいた時、同僚の刑事が一人亡くなってるんだよな」

「え？」

健斗はポッキーをくわえたところだった。ぽきんとそれを折る。

「仕事で？　殉職ってことですか？」

「いや。自殺」

「自殺……」

「表向きはそういうことになってる。でも不審な点があるらしくて、刀浦さんは今でもそれを調べてるって噂があるな」

「……」

「まあ、噂だよ、噂。終わった事件だし。真柴が気にすることじゃないよ」

シリアスな顔になった健斗を見て、柳ははぐらかすように笑って肩を叩いた。

そこに黒服が来た。「そろそろお時間ですが」と言われ、店を出ることにする。会計のレシートを見て、健斗はぎょっとした。水割り一杯飲んだだけなのに。

「オレが連れてきたんだから、奢るよ」

「いえ…。情報をもらったんで、ワリカンで」

「そうか？　あ、ちょっと店長と話してくるわ」

柳は席を立ち、レジの奥に入っていった。一人で取り残された健斗は、大きく息を吐いて背もたれにもたれた。

（あー、わかんねえ……）

両手でこめかみの髪をわしゃわしゃと揉《も》む。頭の中に意味不明なピースが散らばっている。色も形もばらばらで、まったく別のパズルのピースみたいだ。くやしいけれど、所轄のひよっこの自分の手には負えそうにない。

隣のテーブルは豪勢にホステスを何人も呼んで盛り上がっている。クラッカーが弾けるような笑い声の中、健斗は目を閉じた。

◆

「――吉成美紅《よしなりみく》さんですね」

カフェの座席に座っていた美紅——本名は吉井久美《よしいくみ》だ——に声をかけると、彼女ははっとして顔を上げ、椅子を鳴らして立ち上がった。

「どうも。アリス・プロモーションの青木《あおき》です」

玲《れい》は名刺を差し出し、にこりと微笑《ほほえ》む。顔に特殊メイク用のワックスが厚く乗っているので笑うと違和感があるが、人からはわからないだろう。

「あの、吉成美紅です」

美紅はぺこりと頭を下げる。カウントダウンパーティの時はドレスアップして自信ありげだったが、今はしおらしく、落ち着かない様子で周囲を見回していた。

無理もない。美紅の身辺はマスターが探っているが、同棲《どうせい》している城戸《きど》という男はドラッグの売人らしい。美紅は城戸から手に入れたD・Tを社長に使っていたんだろう。それが危険ドラッグだという認識はあったはずだ。警察がどの程度D・Tのことを把握しているかわからないが、マークされている可能性はある。だとしたら、社長が倒れたことで美紅も目をつけられているかもしれない
D・T。デビルス・ティアーズ。悪魔の涙。人を惑わせ、意のままに操り、精神と肉体を破壊する——悪魔の薬だ。

「今日はご足労いただき、ありがとうございました」

愛想よく言って、玲は美紅の向かいの席に腰を下ろした。

今日の自分の役どころは、軟派な芸能プロデューサーだ。茶髪のウイッグをかぶり、個性的な眼鏡をかけ、いかにも業界人っぽいファッションをしている。すべてピンクのスタイリングだ。ピンクは特殊メイクも趣味なので、鼻と頬の形を変え、ほくろをつけている。玲はカウントダウンパーティでバーテンダーとして美紅と会っているが、あの時はアイマスクをしていたし、まず同一人物には見えないだろう。

「サエキプロの社長さん、まだ入院中だとか。大変ですね」

店員にコーヒーを注文して、玲はさも同情したふうに言った。美紅は「はあ」とうつむく。

「電話でもお話ししましたが、うちの専務が佐伯《さえき》さんとは古い友人だそうで。つい先頃、ひさしぶりに連絡があったそうです。社長さん、健康上の不安を抱えていらしたそうですね」

「はい……」

美紅はうなだれるように頷《うなず》いた。

「その時に話していたみたいですよ。今、目をかけている子がいるんだって。冗談めいた口調で、自分に何かあったらよろしく頼む、なんてね。まさか本当にあんなことになるなんて、ご本人も思ってなかったでしょうねえ」

玲はいかにも気の毒だという顔で首を振った。

「サエキプロはやり手の社長さんでもっていたようなものですから。とりあえず契約した仕事は現在のスタッフでやるみたいですが、今後の経営がどうなるか……」

美紅が所属していたサエキプロはあまり大きな事務所ではなく、創業者の社長のワンマン経営だったらしい。会社は今頃、大混乱だろう。

「社長が倒れて、所属タレントさんたちも困っているでしょうね。中には早々にマネージャーさんと一緒によそに移った人もいるみたいで」

「……」

美紅はうつむいたまま顔を上げない。彼女は社長に取り入って――D・Tを使って、お気に入りにのし上がった。たぶん事務所内ではよく思われていないだろうし、美紅を買っている者もいないだろう。

「吉成さん、もしかしてもう他に引き抜かれちゃいました？」

無邪気を装って、玲はにこにこと言った。

「いえ、まだ……あの、社長が心配で」

殊勝な表情で言いながら、美紅はちらちらと上目遣いに玲を見る。

玲が出した名刺には、サエキプロよりずっと大手のプロダクションの名前が入っている。女優になりたい美紅には魅力的だろう。

「そうでしょうそうでしょう。でも、とりあえずうちの専務に会ってみませんか？　専務も心配しておりますし、すぐにお仕事ということでなくても、相談だけでも」

「そういうことなら……」

美紅がちょっと身を乗り出した時だ。玲のジャケットの胸ポケットで、スマートフォンがピリリッと鳴った。いいタイミングだ。

「ちょっと失礼」

席を立ち、さも忙しい業界人のようにせかせかとカフェの外まで出てスマートフォンを耳にあてる。そこで少し話すふりをしてから、席に戻った。

「すみません。専務からだったんですが」

「あ、はい」

「実は今日、近くのスタジオでうちのタレントの撮影の予定があったんですが、急に体調が悪くなっちゃったみたいで。それで、代わりに吉成さんにスタジオに入ってもらったらどうかって専務が」

「え、今からですか？」

美紅は大げさなくらいにぱちぱちと目を瞬《しばたた》かせた。

「今日のところはお話だけと思ってたんですけどね。でもスタジオが空いちゃったし、プロのカメラマンとヘアメイクに来てもらってるんで、コンポジを撮ればいいんじゃないかって」

「あ、あの」

「専務、けっこう乗り気みたいですよ。吉成さんに早くお会いしたいって。元はスカウトマンだった人だから、見る目はあるんですよ。それにいいスタッフを揃《そろ》えてますから、とっておきの写真が撮れますよ」

水が流れるようにさらさらと、聞き心地のいいセリフを並べ立てる。詐欺のコツは、相手に考える隙を与えないこと。選択肢をなくすこと。今しかない、やるしかないと思わせること。これは一流の詐欺師だったマスターから学んだことだ。

「どうでしょう?」

話術と笑顔はバーテンダーの仕事で鍛えている。それから、玲はちらりとスマートフォンを見て時間を気にする仕草をしてみせた。

「――お願いします」

勢い込んで、美紅は立ち上がった。


「あ、専務」

ビルの玄関に足を踏み入れたところで、ちょうどエレベーターからマスターが降りてきた。タイミングぴったりだ。もちろん、ここまで美紅と歩きながらスマホで連絡を取っていたからだ。

「こちらが吉成美紅さんです」

「はじめまして。吉成です」

美紅が頭を下げると、マスターはさわやかかつ渋みのある、いかにも仕事のできそうな笑みを見せた。

「やあどうも」

付け髭《ひげ》がなくなっている。髪は動きのある形にセットし、ごく薄く色のついたサングラスをしていた。スーツはイタリア製で、ちょっと華やかなネクタイとチーフを身につけている。それだけで、いかにも業界のやり手に見えた。

普段バーにいるマスターは、薄暗いバーの背景にセットのように溶け込んでいる。バーと一体化していて、〝髭のマスター〟というイメージしか持たれていない。

けれど外では、肩書きによって様々に顔を変える。元々の顔立ちはあまり特徴のない薄味なのだが、だからこそ服装や立ち居ふるまい、言動で、いくらでも雰囲気を変えられるのだ。さすが元詐欺師、と玲は内心で感嘆した。

「吉成さん、佐伯社長からお話は伺ってますよ」

マスターはにこやかに微笑んだ。

「とてもかわいがっていたようだ。あなたに目をかけていたみたいだね。当社としても、ぜひ期待したい」

「は、はい。よろしくお願いします」

上擦った声で言って、美紅はもう一度頭を下げた。

「時間がない。話はあとにして、さっそくスタジオに行こうか」

マスターはきびきびとビルの出入り口に向かって歩き出した。玲と美紅はそのあとに続く。

アリス・プロモーションは大手だが、事務所は他の会社も入ったビルに置かれている。ビルの出入り口に警備チェックはないし、マスターが首から下げている社員証なんて簡単に偽造できる。もちろん名刺も偽物だ。建物を使って、そこの関係者であるかのように錯覚させる——昔からある籠脱け詐欺の手法だ。

近くにある撮影スタジオはレンタルスタジオだから、金を払えば誰でも利用できる。時間がないからと美紅を急《せ》かして、メイクルームに入った。

「あ、お疲れさまでーす」

メイクルームではピンクが待ち構えていた。

ピンクの本業はヘアメイクだから、今日は本業みたいなものだ。はりきって自前のメイクボックスを用意している。衣装も用意していて、ハンガーラックにずらりと並んでいた。

「急に予定変更してしまって申し訳ないね。この子のコンポジを撮りたいんだ。衣装も頼む」

「はーい」

ピンクはにこにこと答える。目立つピンクの髪はウイッグで隠しているが、ばっちりメイクをしているから女性にしか見えないだろう。美紅を上から下まで眺めて、親し気に話しかけた。

「お肌、キレイですねー。メイク乗りよさそう。服はどうしようかな。どんなイメージで撮りたいですか？」

「え、えーと……お任せします」

美紅は雰囲気に呑《の》まれている様子だ。ピンクはハンガーにかかった服をとっかえひっかえ美紅にあてて、「これがよさそう」とミニのワンピースに決めた。

「スタイルアップできるし、メイクも華やかでキラキラした感じで。どうですか、青木さん？」

「うん。いいんじゃないかな」

「じゃあさっそく着替えてもらいましょう。あ、アクセも用意しますので、今つけているものは外してくださいね」

「え」

反射のように、美紅は胸元のネックレスに手をやった。

アーモンド形の黒い石がついたネックレス。小田島《おだじま》の元から奪った——カウントダウンパーティで玲たちが取り返し損ねた、悪魔の目のネックレスだ。

「あの、これはお守りなので……つけたままじゃだめですか？」

美紅は石を握って答える。この石には持ち主の願いを叶《かな》える力があると小田島は語ったそうだが、美紅はそれを信じているのか、それとも。

「うーん、ちょっと地味すぎるし、お洋服に合わないですねえ」

ピンクは指を頬にあてて首を傾《かし》げる。

「もっとお顔が映えるアクセサリーをご用意しますよ。鍵付きのロッカーがありますから、貴重品はそちらに入れてもらえれば」

「……わかりました」

渋々といった様子で、美紅は頷いた。

「じゃあ、お着替えお願いしまーす。あ、男性は外に出てくださいね」

ピンクに追い出され、マスターと玲はメイクルームを出た。

レンタルした撮影スタジオに行くと、そこではブルーが待っていた。背景も小物もない、シンプルなスタジオだ。

「嫌だなあ、カメラマンなんて。何を喋《しゃべ》ればいいのかわからないよ」

ブルーは元ひきこもりの在宅エンジニアなので、人前に出る仕事は苦手だ。双子だからピンクと同じ顔をしているが、今日はTシャツの上にジャケットを着て眼鏡をかけ、それなりにカメラマンっぽく見せていた。いつもは長い前髪が目元にかかっているけれど、今日はすっきりと整えている。

「適当にいいねかわいいいねって言ってりゃいいんだよ。あとは俺とマスターで盛り上げるから」

ブルーはデジタルオタクなので、カメラやパソコンは自前だ。ライトなどの機材をセッティングしていると、着替えた美紅がやってきた。

「ああ、いいじゃないですか、吉成さん！　とってもお似合いですよ」

「うん、いいねえ。さっそくプロモーション戦略を考えないと」

口々に言われ、美紅は嬉《うれ》しそうだ。ミニのワンピースを着て、カメラの前に立った。首元にはクリアな石がたくさんついたきらきらしたネックレスをつけている。

「じゃあ、撮りますね」

ブルーがカメラのファインダーを覗《のぞ》き込んだ。玲は美紅に声をかける。

「吉成さん、モデル経験がありますよね。まずはいろいろポーズ取ってみてください」

「はい」

美紅は次々にポーズを取り、笑顔を作る。ブルーがカシャカシャとシャッターを押す。マスターと玲が声をかけ、時おりピンクがメイクや髪を直す。

撮影は順調に進んでいた。使う予定もない写真だが。頃合いを見て、玲はスマホを耳にあて、電話をするふりでそっとスタジオを出た。

メイクルームに入る。もちろんロッカーの鍵は事前に用意していた。両手に黒い手袋を嵌《は》め、美紅が荷物を入れたロッカーの鍵を開ける。バッグを取り出して、中を探った。

ごちゃごちゃと物が多く、あまり整理されていないバッグだった。ポーチを見つけて、開けてみる。化粧ポーチだ。いろいろな化粧用具が詰め込まれている。その中には見つからず、ジッパーを閉めかけた時、内側に小さなポケットがついていることに気づいた。念のため指で探ってみると、何か入っている。

取り出してみると、コインほどの大きさの丸い物体だった。表面に黒いテープが張られている。裏はボタン電池を入れられるようになっていた。

(これは……)

似たようなものをブルーに見せてもらったことがあった。GPSを使ったトラッカー、つまり発信機だ。アプリと連動させて、スマホで現在位置を追うことができる。最近は紛失防止タグとして簡単に手に入るらしい。黒テープが貼られているのは、動作中のランプを隠すためだろう。

誰かが美紅に発信機をつけている。

(誰が?)

でも、今は時間がなかった。トラッカーをそのまま化粧ポーチに戻し、再びバッグの中を探す。似たような小さなポーチを見つけた。開けてみると、今度はジュエリーポーチだ。美紅がつけていたアクセサリーが入っている。黒い石のネックレスも。

玲はバッグからジップ付きの小さなビニール袋を取り出した。中には、そっくり同じに見える黒い石のネックレスが入っている。ジェットで作った贋物《にせもの》だ。

イミテーションの方をジュエリーポーチに入れ、美紅がつけていたネックレスをジップ付きの袋に入れる。それを自分のショルダーバッグの内ポケットに入れた。美紅のバッグをロッカーに戻し、元通り鍵を閉める。

（よし）

終了だ。簡単な仕事だった。最初はしくじったけれど。

手袋を外してバッグにしまい、メイクルームのドアに向かう。ドアノブに手を伸ばした時、それが突然向こうから開いて、玲は息を呑んで一歩後ずさりした。

「――」

男が立っていた。

若い男だ。大柄で、短い髪を金髪にしている。メイクルームの中をざっと見て、チッと舌打ちした。

「くそ。どこだよ」

粗野な見た目と言動。およそ撮影スタジオのような場所にはそぐわない、ガラの悪い男だった。

（城戸）

すぐに思い出した。美紅の身辺を調べているマスターが写真を見せてくれた。美紅の男だ。

「なんですか、あなた」

言った玲を、男はぎろりと睨《にら》む。何も答えず、大股で歩き出した。廊下の奥、スタジオの方へ。

「ちょっと…」

玲が追いつく前に、城戸はスタジオのドアを無遠慮に大きく開けた。中にずかずかと踏み込む。

笑顔でポーズを取っていた美紅が、はっとして固まった。

マスターとブルーが振り向く。城戸は一直線に美紅に歩み寄ると、二の腕をつかんだ。

「何やってんだ、来い」

「ちょっと……やめてよ！」

乱暴に引っぱられ、美紅は嫌がってもがいた。

「こういう仕事はしばらくやめろっつっただろ」

「写真を撮るだけよ」

「いいから来い」

「やめて。離して！　どうしてここがわかったのよ」

「おまえのスマホにGPSアプリを入れておいたんだよ」

美紅が暴れて腕を振りほどこうとしても、城戸はかまわず力ずくで引きずっていく。美紅は物のように引きずられていった。

「ったく、手間ばかりかけさせやがって」

「何をしようがあたしの勝手でしょ！」

「うるせえ！」

城戸は平手で美紅の頰を張り飛ばした。パンッと派手な音が鳴って、美紅がうなだれる。反射のようにピンクが駆け寄った。

「ちょっと。女の子に何すんの！」

「うるさい。どけ」

割って入ろうとするピンクを、城戸は太い腕で無造作に押しのけた。ピンクは感情的になりやすいたちだ。ブルーがピンクに駆け寄って、かばうように肩に腕を回した。

「あなた、なんなんですか？」

マスターが二人の前に立って、落ち着いた態度で言った。城戸はぎろりとマスターを睨む。

「こいつにこういう仕事はさせない。雑誌にもテレビにも出すな。写真は処分しろ。いいな」

威圧的な口調で言って、城戸は嫌がる美紅を引っ立ててスタジオを出ていった。ドアが閉まる。残った四人は顔を見合わせた。

「何あれ」

「美紅の同棲相手だな」

「城戸だっけ？」

「うわ。ああいう男は絶対にやめた方がいいのになー」

「――まあ、仕事は終わったしな」

　玲は肩をすくめた。

「ネックレスは回収済みだ」

「じゃあいいか…って、ワンピース着たまんまじゃん！」

　ピンクが言って、むくれ顔を作った。

「あれ、僕の私物なのに。お気に入りだったのになあ」


「発信機？」

　その数日後だった。いつも通り、四人は開店前のマジックアワーに集まっていた。

「美紅の化粧ポーチにこっそり入れられていた。とりあえずそのまま戻してきたけど」

　コーヒーを飲みながら玲が説明すると、左右に座ったピンクとブルーが口々に言った。

「城戸じゃない？　ＧＰＳつけたって言ってたじゃん」

「城戸はアプリ入れたって言ってたよね。彼女のスマホをいじることができるみたいだから、それとは別なんじゃない？」

「別って、誰が？」

「さあ？」

双子がそっくりな仕草で首を傾げる。沈黙が落ちたところで、カウンターの内側に立つマスターが口をひらいた。

「石の鑑別が終わったよ」

言って、黒い石のネックレスをカウンターに置く。

「ジェットだった」

「ジェット？」

三人が同時に声を上げた。

玲は眉をひそめてネックレスを手に取った。玲がすり替えたジェットの贋物とそっくりに見える。いや、これもジェットなのだ。

「なんで？　調べたらジェットじゃなかったって、依頼人が言ってたよね？」

「ってことは……美紅に盗まれる前にすり替えられてたってこと？」

「誰が？　ネックレスはずっと小田島が自分の部屋に置いていたんだし、クラブで美紅に喋るまでは人に話したりしなかったんだよね？」

ステレオ状態で聞こえてくる双子の声を聞きながら、玲はネックレスのトップを指に挟んで目の前に掲げてみた。アーモンド形の、黒い石。艶のある表面がバーの薄暗い照明をやわらかく反射する。

角度を変えてみて、すぐに気づいた。大きな傷がある。目の粗いやすりで削ったらしく、雑な傷になっていた。美紅が削ったんだろう。

「でも、悪魔の目じゃない……」

口の中で、小さく呟《つぶや》いた。

「あれ。これ、傷があるね」

右隣から、ピンクが覗き込んできた。今日は昼間の仕事から直接来たらしく、白シャツに黒いパンツ、真っ赤な口紅というスタイルだ。ピンクは『ＰＩＮＫ』という名前でメイクアップアーティストとして活動していて、本名も性別も明かしていない。

「こんなに大きな傷があったら、アクセサリーになんてできないんじゃない？」

「ねえ、玲ちゃん」

反対隣から、今度はブルーが覗き込んできた。

「前から思ってたんだけど、玲ちゃん、〝悪魔の目〟について、何か知ってるんだよね？」

「……」

「依頼の動画で悪魔の目って言葉を聞いた時、一瞬、驚いた顔してたもんね」

玲はネックレスを置いてコーヒーカップを持ち上げた。カウンターの中ではマスターが素知らぬ顔で何か調理をしている。ジューとフライパンを火にかける音がして、バターの香りが漂ってきた。

「依頼を受けるって決めたのも早かったしさ。いつもはもっと慎重なのに。それに、マスターもいろいろ調べてるよね。僕たちには内緒で」

「……」

「玲ちゃん？」

両隣から、同じ二つの顔が覗き込んでくる。メイクした顔と、メイクしていない顔。双子にいっぺんに見つめられると圧が強い。玲は顎を引いて上体をのけぞらせた。

「おまたせ」

そこに、マスターが皿を出してきた。ブルーとピンクの前に、それぞれ置く。ふわっと甘い香りが漂ってきた。

「わーい。いちごだ」

「マスター、ありがと」

さっきから甘い匂いがすると思ったら、パンケーキだ。二枚重ねで、ブルーの皿にはバターの塊が載せられ、ピンクの方には生クリームといちごがトッピングされている。

「今日はどうしてもパンケーキが食べたくてさ、マスターにリクエストしたんだよね」

ブルーは自分のリュックからいそいそとメープルシロップの瓶を取り出した。持参したらしい。

「焼きたてにバターのっけて、半分とけたところにメープルシロップかけるのが最高だよね」

うきうきと言って、大きな瓶からメープルシロップをたっぷりかける。かけるというよりひたっている。

「えー。パンケーキには生クリームといちごでしょ。見た目もかわいいしさ」

二人はナイフとフォークを手に持つ。切り分けて、二人揃って「いただきまあす」と大口を開けて頬張った。

「おーいしーい！」

朝食か昼食かおやつか知らないが、あいかわらず甘ったるい食事だ。閉口していると、マスターは玲の前にも皿を置いた。

「玲にはこっち」

やっぱりパンケーキの皿だった。トッピングされているのは、半熟の目玉焼きとカリカリに焼いたベーコンだ。

「そんなに甘くないから」

「……」

「ねえ。玲ちゃん」

口いっぱいに頬張ったものをごくんと飲み込んでから、ブルーが口をひらいた。

「僕たちさ、この仕事を手伝ってるのは、もちろん報酬をもらってるし、自分たちの特技を生かせるからってのもあるけどさ」

「うんうん」

もぐもぐしながら、ピンクが頷く。

「僕ら、玲ちゃんを手伝いたいんだよね。だって、マスターと玲ちゃんは僕らの恩人だから」

「そうそう」

双子は揃って玲の顔を見る。同じ顔で、にこりと笑った。

「ね」

「――」

玲は黙って深く息を吸った。甘い香りが鼻腔《びこう》に満ちる。

毎日のように一緒にいて一緒に仕事をしているけれど、玲はブルーとピンクの本名を知らない。生い立ちも知らない。知っているのは、まだ十代だった二人が家出をして二人で生きてきたってことだけだ。

ピンクは当時、女装して男をひっかけ、ホテルで財布から現金を抜いて逃げるということをやっていた。二人分の生活費を稼ぐために、他にもいろいろと危ないことをしていた。

十代の素人がそんなことを繰り返していたら、早晩やばい連中に目をつけられる。案の定、新宿《しんじゅく》を縄張りにしているやくざの下っ端に捕まって、男だとばれて酷《ひど》い目に遭いそうになった。

やくざはピンクのスマホを使って兄のブルーを呼び出した。二人は当時、ネットカフェで寝泊まりしていたらしい。ブルーはその頃、ゲームオタクのひきこもりだった。ただネットカフェで、恋人のＤＶから逃げている水商売の女性と知り合いになっていた。ブルーが女性に助けを求め、女性が助けを求めたのが、マスターだった。

マスターは夜の街で顔が広い。頼られることも多かった。二人まとめて風俗に売られそうになっていたところを、やくざの上の人間に話をつけて、解放させた。何か貸しがあったらしい。

「もうこんなことはやめにして、新宿から出ていった方がいい」

そう忠告して、終わりのはずだった。けれど二人は、他に行くところなんてないと言い張った。マスターは十代の二人がさすがに心配だったんだろう。当時経営していた喫茶店でアルバイトをさせて、住むところも世話してやった。

玲はその少し前に、職を転々としているところをマスターに拾われていた。マスターは玲の父親の知り合いだったらしい。マスターの喫茶店で、玲は二人と出会った。

一度、ピンクが以前にカモにした男に見つかって、警察に連れていかれそうになったことがある。その時は玲が助けた。男の財布を抜いて違法風俗通いの証拠をつかみ、家族と会社に連絡すると脅して手を引かせた。

ブルーがフリーランスの仕事を始める時も、玲が手伝った。ブルーはＩＴ関係に天才的な技術を持っているけれど、対人関係が苦手だ。交渉や売り込みは玲がやった。ブルーはひきこもりから脱し、フリーのＩＴエンジニアになった。

玲はその頃、ある目的のためにひそかに取り返し屋を始めていた。それをマスターが手助けしてくれて、ブルーとピンクもいつのまにか手伝ってくれるようになり、今の形になった。

「それに、泣き寝入りするしかない人を助けるっていうのも気に入ってるよ」

口についた生クリームをぺろっと舐《な》めて、ピンクが付け加える。

「警察が役に立たないことって、世の中にはたくさんあるもんね」

軽い口調だけど、実感がこもっていた。

「仲間とか、青臭いことは言いたくないけどさ」

シロップが滴り落ちるパンケーキをフォークに刺して、ブルーが言う。

「僕たちは、少なくとも共犯者だよね。知る権利はあるんじゃない？」

「……」

玲はナイフとフォークを手に取った。フォークの先で目玉焼きの黄身をつつく。半熟の黄身がとろりとソースのように流れ出した。

切り分けて、口に入れる。パンケーキはほんのり甘いけれど、ベーコンの塩気がきいて、とろりとした黄身がからんで、おいしい。さすがマスターは何をやらせても腕がいい。

「どうだ、玲？」

「うまい」

答えて、すっきりと苦いコーヒーで後味を流す。それから、玲は口をひらいた。

「——悪魔の目というのは、植物の種からできたものだ」

「植物の種?」

　双子がユニゾンで訊き返す。

「とてもめずらしい植物で、南米の高山の奥地に生育していた。その種を乾燥させると、石のように固くなる。磨き上げると、宝石のように輝く」

「木の化石のジェットみたいな宝石なの?」

　ピンクの問いに、玲は首を振った。

「装身具にも使われていたようだが、宝石として価値があったわけじゃない。その種は、呪術に使われていたんだ」

「ジュジュツ?」

「呪いってこと?」

「呪いっていうか、宗教儀式だな。乾燥した種を削り、その粉を直接飲んだり、燻《いぶ》して煙を吸ったりすると、強い幻覚作用をもたらす」

「古来、麻薬っていうのは宗教儀式や民間療法に使われてきたからな」

　洗い物をしながら、マスターが補足した。

「マジック・マッシュルームとか、ペヨーテとか。幻覚によって共同体意識を高めたり、苦痛を和らげるのに役に立つ。中世ヨーロッパでは、薬草やハーブを使う女を魔女と呼んでいた。植物は毒にも薬にもなる」

「だけど、その種の作用はとても強くて……」

玲は少し考えてから、言葉を続けた。

「心身をぼろぼろにして、廃人同様になって死に至る。覚醒剤みたいなものだ。いや、もっとたちが悪い。それで、先住民族の間では〝悪魔の目〟と呼ばれていたんだ。アーモンド形で、黒い瞳みたいだから」

「じゃあ……悪魔の目のネックレスは、小田島が言っていたような願いを叶えてくれる不思議な石じゃなくて、麻薬として価値があるってこと？」

目線を上に向けて考える顔をしながら、ピンクが言う。玲は頷いた。

「ごく少量で効くからな。城戸は売人だから、削ってドラッグにしてさばけば相当の金額になるだろう。でも……あれは悪魔の薬だ。世に出回っていいものじゃない」

コーヒーカップを持ち上げ、その黒い水面を見つめる。小さく息をこぼして、言った。

「ただ、その植物は幻の植物と言われていて、現在は生育が確認されていない。呪術に使っていた部族も今は絶滅している。種はほとんど現存していないんだ」

「それが、日本にあるの？」

ブルーの問いに、玲は口を閉じた。

コーヒーを飲む。煙草《たばこ》が欲しいな、と思う。コーヒーも煙草も元は植物で、ある意味麻薬みたいなものだ。苦痛を和らげたり、空白を埋めるのに役に立つ。

「悪魔の目の種を日本に持ち込んだのは……俺の母親だ。だから、俺には回収する義務がある」

「――」

左右で同時に、二人が小さく息を呑んだのがわかった。

「悪いが、これ以上は言えない」

コーヒーを飲み干してカップを置いて、玲は言葉を切った。

「……」

玲を真ん中にして、ブルーとピンクは顔を見合わせた。言葉はないけれど、まるで何か話し合っているみたいに見える。

「……よくわかんないけど」

しばらくたって、ピンクが言った。

「悪いことに使うために盗むんじゃなくて、悪いことに使われないように盗むってことなんだよね？」

「そうだ」

頷くと、ピンクはにっこりする。ブルーも言った。

「じゃあ、いいよ。僕ら、玲ちゃんに協力する」

「――…」

口をひらきかけた。

本当は、そろそろ手を引かせた方がいいのかもしれない。二人は何も関係ない。恩なんて、とっくに返してもらっている。これ以上巻き込まない方がいい。

そもそも仲間なんて、玲だって思っていなかった。いざとなったら自分一人が捕まるつもりだ。ブルーとピンクも、マスターも、素性を知らない赤の他人だ。なのに。

（あぁくそ）

舌打ちしたくなった。

あられをふりかけたぜんざいとか、トッピングを変えたパンケーキとか。同じものを一緒に食べると、ほんの少しだけどこかが繋《つな》がった気がする。体の一部が同じものになった気がする。

そんな感覚、ずっと忘れていたのに。自分にはもう縁がないと思っていたのに。

いつのまにか、こんなに弱くなっていたなんて。

「……前から言っているけど」

腹立たしい、ごまかすように、冷たいそっけない口調で言った。

「やばくなったら、さっさと逃げろ。おまえたちは仕事を請け負って報酬を得ていただけ。俺のことは何も知らない。いいな」

ブルーとピンクは目を見交わす。双子はテレパシーが使えるんじゃないかと本気で思う。同じ顔でにっこりして、同時に言った。

「了解」

コーヒーを飲もうとしたら、カップが空だった。「おかわり」とマスターに差し出す。

「ねえねえ、玲ちゃん」

ブルーが身を乗り出してきた。

「アメリカでは、パンケーキとベーコンにメープルシロップをかけたベーコンストリップパンケーキってのが人気なんだよ。知ってた？」

言いながら、玲の皿にメープルシロップをかけようとする。「やめろ」「絶対おいしいって」「アメリカ人味覚おかしいだろ！」と攻防していると、マスターが口をひらいた。

「依頼人についてさらに調べてみて、もうひとつわかったことがある」

「何？」

玲は顔を上げた。

「小田島の母親は、現在郷里の実家で暮らしている。遠方なんで、今まで調べていなかったんだが……父親が経営していた会社の関係者を装って訊いてみたら、母親はネックレスのことを知らなかった」

「え？」

ピンクが身を乗り出した。

「知らないってどういう意味？」

「そんなネックレスは見たことがない、夫が持っていたこともない、そうだ」

「えっ、どういうこと？　ネックレスのことで喧嘩《けんか》になったって小田島が言ってたよね」

「小田島は三十歳だから、お母さんはまだ物忘れするような年齢じゃないよね」

「ということは……」

少し考えてから、玲は呟いた。

「全部、嘘《うそ》だったってことか」

両隣の双子がいっぺんに口をひらく。

「待って待って。どういうこと？　そもそも父親はネックレスなんて持ってなかったってこと？　悪魔の目も、ジェットも」

「なのにわざわざジェットで贋物を用意して、美紅に盗ませたの？」

「で、取り返してほしいってカラスに依頼したわけ？」

双子が揃って同時に言う。

「いったい、なんのために？」

「……」

マスターがミルでコーヒー豆を挽《ひ》き始めた。ガリガリと音がして、挽きたてのいい香りが漂ってくる。玲はもう一度ネックレスを手に取って、見つめた。

「嘘の依頼……囮《おとり》か？」

「囮って、誰がそんなことするの？　警察？」

「警察が窃盗の捜査でそんなことするかな。日本の警察じゃ、麻薬や拳銃の捜査以外じゃ認められてないでしょ」

「悪魔の目って麻薬なんでしょ。ほら、マトリってやつ？」

「麻取は警察じゃなくて厚労省だよ。でも、僕らは薬なんか使ってないし持ってもいないんだから、僕らを捕まえてもしょうがないんじゃない？」

「……」

口々に言うピンクとブルーの言葉を聞きながら、玲は唇に指をあてて考え込んだ。マスターがハンドドリップでコーヒーを淹《い》れてくれていて、サーバーにコーヒーが落ちる小さな音がする。

「カラスにコンタクトを取りたい人間なら、いるんじゃないか？」

玲の前にカップを置いて、マスターが言った。

「依頼をするのが手っ取り早い」

「――」

顔を上げて目を見開いて、玲は深く息を吸った。

「そっか」

ブルーがパチンと指を鳴らした。

「玲ちゃんが現場にカラスの足跡を残していくのって、誰かを探してるってことなんだよね？」

玲はブルーの顔を見た。

「窃盗の現場にカラスの足跡があったら、それが玲ちゃんだってわかる人物。違う？」

「……」

ネックレスに目を戻す。まるで生きものの瞳みたいな、濡《ぬ》れたような黒い輝き。見つめながら、呟《つぶや》いた。

「――玖郎《くろう》？」


玖郎は六歳上の玲の兄だ。

両親は玲が赤ん坊の時に離婚した。シングルマザーだった母は仕事で家を空けることが多く、兄弟は祖父母に預けられていた。

年の離れた兄だったので、玖郎は玲の面倒をよく見てくれていた。玲にとって玖郎は、兄であり、親代わりであり、唯一の仲間で、誰よりも心を許せる相手だった。

「玲はほんとに器用だなあ」

にこにこと笑って、玖郎はよくそう言った。あまり似ていない兄弟だった。玲は癖のない黒髪だが、玖郎は髪も瞳も赤みがかった茶色で、ふわふわした癖っ毛だ。しょっちゅう変な寝癖を作っていて、朝起きるたびに玲は笑っていた。そんな時も、玖郎はにこにこと微笑んでいた。

　子供の頃、玖郎は体が弱かった。何か持病があったらしく、大きくなるまでに何度か手術をしていた。入院している時以外は普通に生活できたけれど、激しい運動はできなかったので、兄弟は家の中で過ごすことが多かった。

「じゃあ、よーく見ててね」

　二人でいる時は、よく手品をして遊んだ。祖父が手品師だったからだ。特に玲は手先が器用で、祖父から教えられた手品を玖郎相手に披露していた。

「あれ？　コインが消えちゃいました。どこに行ったんでしょう？」

「うーん。袖の中に隠してるんじゃない？」

「ブー。ほら、なんにも入ってませーん」

「えー？　じゃあわかんないなあ」

「答えは……」

　ジャジャーンと自分でＢＧＭをつけながら、玲は玖郎のポケットに手を突っ込む。中から取り出したように見せかけてコインを出すと、玖郎は大げさに驚いて手を叩《たた》いた。

「すごい！　玲はほんとに手品が上手《うま》いなあ。おじいちゃん譲りだね」

　祖父は昔ながらの手品師だ。サーカスに出演したり、大道芸で手品を披露したりしていた。

距離の近いクロースアップマジックから大きな道具を使うステージマジックまで、なんでもやった。サーカスでは、人体消失や脱出マジックのような大掛かりなイリュージョンもやったらしい。

幼い頃、玲は祖父のことを本物の魔法使いだと思っていた。おじいちゃんは燕尾服《えんびふく》を着た魔法使いだ。消えるコイン、増えるボール、飛び立つ白いハト——祖父が指を鳴らしたりステッキを振ったりすると、不思議なことが起きる。世界は驚きとわくわくに満ちている。

タネがあることを知った時はちょっとがっかりしたけれど、それなら自分にもできると思った。教わった手品を披露すると、玖郎はいつも手を叩いて喜んでくれた。

「ねえ玲、お花を出してよ」

玖郎は花を使った手品が好きだった。華やかだし、明るい気分になるからと。入院中の玖郎の気を紛らせようと、病室にたくさんの花を降らせたこともあった。玖郎も同室の人も喜んでくれたけれど、看護師さんには叱られた。

「マジシャンには魔法使いって意味もあるんだよ。玲は魔法使いの弟子だね」

「でも、鍵開けはお兄ちゃんの方が上手いって、おじいちゃんが言ってたよ」

祖父は玖郎にも手品を教えたけれど、玖郎が得意だったのは、鍵開けだ。鍵開けは指先の繊細な感覚と高い集中力を必要とする。玖郎には素質があったらしい。祖父は世界中の鍵や金庫をコレクションしていて、玖郎はよくそれをいじっていた。

「中身はどうでもよくてさ、ただ鍵があると開けたくなっちゃうんだよね」

玖郎が中学生の時に、近所で事件があった。マンションのベランダから幼い子供が落ちそうになっていたのだ。

子供はベランダに置かれた植木鉢の棚に乗り、手すりから身を乗り出していた。下で通行人が騒いでいて、玄関ドアに走った人がいたけれど、鍵がかかっていて応答がなかった。管理人は常駐していないマンションだった。管理会社に連絡をしたけれど、時間がかかる。そこに玖郎が通りかかった。

玖郎は金属の棒一本でドアの鍵を開けてしまった。祖父から譲り受けた鍵開けの道具だ。部屋の中に踏み込むと、母親が急病で意識不明で倒れていた。

その話が噂《うわさ》で広まり、玖郎のところには、鍵をなくしたスーツケースや暗証番号のわからない金庫など、様々な依頼が持ち込まれるようになった。そのすべてを、玖郎は鮮やかに開けてしまった。複雑な鍵も堅牢《けんろう》な金庫も、玖郎の手にかかるとあっさり破られてしまう。タネも仕掛けもない。玲の目には、玖郎の方が魔法使いに見えた。

「玲の手品の方がいいよ。だって、楽しい気分になれるだろ」

玖郎は笑ってそう返した。

玲が八歳の時に、母が死んだ。

母親は学者だった。玖郎とよく似た赤みがかった茶色い癖毛で、玖郎より大きな口を開けてよく笑う。自分は父親似なんだなと玲は思っていた。何も覚えていないし、写真も見たことがないけれど。母も祖父母も父を嫌っているようで、家の中では父の話はタブーだった。

母は民俗学の研究をしていて、フィールドワークで世界中を飛び回っていた。言葉もわからない異国の奥地へ、身ひとつで飛び込んでいく。子供のことは愛してくれていて、玖郎が手術をする時は地球のどこにいても帰ってきたけれど、一年のうち半分以上は日本にいなかった。

けれど、亡くなったのは日本でだった。大学の研究室で急死したのだ。

もともと貧乏学者だった。それに、玖郎の医療費もかかっただろう。貯金も生命保険金も乏しく、祖父母と兄弟の暮らしは一気に苦しくなった。

祖父は腕のいい手品師だったけど、日本ではマジシャンの地位は低い。時代とともにサーカスは数を減らしていき、テレビではキワモノ扱いされ、大道芸はしょせん大道芸だ。それに、年齢もある。歳《とし》を取ってからはバーやキャバレーでステージマジックを披露していたけれど、稼ぎは少なかった。

そこに、祖母の病気が重なった。母の代わりに兄弟を育ててくれ、祖父を支えてきた人だ。優しくておおらかな人だった。治ってほしい、退院してほしい、せめてもう少しだけ生きてほしいと、祖父はできるだけの治療を望んだ。その甲斐《かい》なく、母が亡くなって二年後に、祖母も逝った。

祖母が亡くなると、祖父は急速に生きる気力をなくしたようだった。仕事もろくにせず、馴《な》染《じ》みの酒場に入り浸る。家のことは玖郎一人にのしかかった。

玖郎は高校生になっていた。もう手術や入院は必要なくなっていたが、無理ができるわけじゃない。その体で学業と家事をこなし、苦しい家計を支えるため、放課後にアルバイトをした。鍵開けの依頼を受けて報酬を得ることもしていた。いつも疲れていて、いつも具合が悪かった。でも、玲にはいつも笑っていた。

玲は苦しかった。できる家事は手伝ったけれど、できないことの方が多い。アルバイトもまだできない。役に立たない自分がもどかしくて、魔法使いから転落した祖父が悲しくて、会ったこともない父親が憎かった。

母が生きていれば。せめて父親がいれば。お金さえあれば、こんなに苦しくならずにすんだのに。

深夜テレビで映画を見たのは、そんな頃だ。

その夜は、玖郎が熱を出していた。無理を重ねたせいだろう。祖父は飲み歩いているようで、帰ってこなかった。玲は玖郎が心配で——本当は怖くてどうしようもなくて、遅くまでテレビをつけて起きていたのだ。

家は町工場の多い下町にあった。古い木造の一軒家だ。あちこちガタが来ていて、隙間風で寒い。玲は居間で毛布をかぶっていた。テレビで流れていたのは外国の古い映画で、最初はぼんやり見ていただけだったけど、いつの間にか見入っていた。

スリの映画だった。

「っ……!」

落下の衝撃で目が覚めた。

反射的に息を吸ったところで止めて、玲はしばらく固まっていた。

「……」

少しのタイムラグがあってから、現実が沁《し》み込んでくる。違う。落下なんてしていない。居眠りしていただけだ。

ゆっくりと身を起こす。閉店後のマジックアワーだった。ピンクもマスターも帰り、客もいなくなったあと、カウンターで一人で飲んでいたのだ。そのうちに眠り込んでしまったらしい。

長く息を吐きながら、右手を見る。わからないくらいかすかに震えていた。その手をぎゅっと握って、胸にあてる。胸の中で、心臓がドクドクと速いテンポで脈打っている。背中に冷たい嫌な汗をかいていた。

利き手をつかまれると、心臓が止まる心地がする。

夢を見ていた。黒い大きな手に右手をつかまれる夢だ。黒い手は、警官だ。夢の中では、警官はいつも黒い大きな影になって出てくる。顔はない。

（またか……）

スリをして捕まる夢だった。このところ、捕まる夢を見ることが多い。もう生活のための盗みはしていないのに。こんなに大人になったのに。

夢の中で手をつかまれると、心臓が止まりそうになる。次の瞬間、まっさかさまに落下する。足の下の地面がなくなって、暗い深いところに落ちていくのだ。足元が抜けるショックで、びくんと体が揺れて目が覚める。

カクテルを作るのも面倒で、ウイスキーをロックで飲んでいた。グラスを持ち上げると、氷がすっかりとけている。ひと口飲んだけれど薄くてぬるくて、玲はため息をついてグラスを置いた。

（まだ）

まだこんなに怖いのか、と思う。もう大人なのに。玖郎はもうそばにいないのに。いつまでも怯《おび》える子供みたいだ。

「くそ……」

唇を噛《か》んで、再び上体を伏せてテーブルにひたいをつけた。冷たいテーブルが気持ちいい。深く呼吸をして、震えと恐怖をどうにかやり過ごそうとする。

スリを始めたのは、小学生の時だ。

財布が空っぽで、冷蔵庫も空っぽで、だけど玖郎の具合が悪くて、どうにかしなくちゃと思ったのだ。深夜に見たスリの映画では、子供が大人にわざとぶつかって財布を抜き取っていた。あれなら、自分にもできる。

最初の盗みは、あっけないくらい簡単に成功した。世の中の人は驚くほど無防備だ。手品で鍛えた技を使えば、ポケットの中の物を掏《す》るなんて簡単だった。それに大人は子供相手には警戒しない。玲にとっては、鞄《かばん》やポケットを広げてさあどうぞと言われているようなものだった。

初めての〝獲物〟を手にした時は、震えるほどに興奮した。

金額は関係なかった。実際、最初に掏った財布はたいして入っていなかったし。それよりも、自分の技が通用する、持ち主がまったく気づかないうちに物を移動できるということに、血が沸き立つような高揚を覚えた。

手品が成功した時と同じだ。コップの中のコインが消えるように、あったはずのものがなくなる。不可能が可能になる。自分にはそれができる。玖郎が鍵を開ける時も同じかもしれない。中身は関係ない。

悪いことだということは、わかっていた。でも、お金は必要だ。お金がないと何も食べられない。電気代もガス代も払えない。玖郎の具合いがもっと悪くなる。生きていけない。

盗んだ財布のお金で、りんごとバナナを買った。それを玖郎に食べさせると、少し元気になった。笑った顔を見て、ほっとした。

何度かスリを繰り返して、たまっていた請求書の料金をコンビニで支払った。それから、米とパンと小さなヒーターを買った。これで家の中が暖かくなる。おなかいっぱい食べられる。

「お金はどうしたの？」と玖郎に訊《き》かれると、「おじいちゃんにもらった」と答えた。祖父は少し前から記憶や行動が怪しくなっていた。

盗んだお金で買ったパンは、あまり味がしなかった。砂のようなそれを噛み締めながら、心に決めた。

生きるために、盗む。自分にできるのはこれだけだから。

玲は独自にスリの技を研究した。不自然にならずに接触するコツをつかみ、気づかれないようすばやく抜き取る技を磨いた。繁華街に行き、金回りのよさそうな人にあたりをつけ、しばらく尾行して財布のありかを探る。頃合いを見てぶつかって、財布を抜き取る。おもしろいくらいに上手くいった。

だけど同じ場所で何度か繰り返すと、街頭に警官が立つようになった。紺色の制服を見ると、怖くなった。

それで、一度財布を掏って、現金をいくらか抜いてまた戻すということを始めた。金持ちなら、少しくらいなくなってもきっと気づかないだろう。気づくにしても時間が稼げる。罪悪感も少しだけ軽くなった。

とはいえ同じ人物に二度接触するのはかなり危険だ。こっちは子供だから、繁華街では目立つ。それで、電車を使うようになった。ドア付近で乗り降りの際の混乱を狙うのは、プロのスリがよくやる手口だ。

山手線《やまのて》。銀座線《ぎんざ》。丸ノ内線《まるのうち》。東京《とうきょう》にはたくさんの電車が走っている。朝のラッシュアワーには乗れないけれど、夕方の混む時間帯を狙って、都会をぐるぐる回りながらスリを重ねた。イベントや祭りなど、人がたくさん集まる場所も格好の仕事場だった。技術を磨き、経験を重ねて、玲のスリの腕は格段に上がった。

でもある日、捕まった。鉄道警察に見つかったのだ。

大きな手に手首をつかまれた時、心臓が止まりそうになった。私服の男性警官で、顔はよく覚えていない。ただ利き手をつかまれた時の恐怖が、体と心にくっきりと残った。烙印《らくいん》のように。

自分は泥棒だ。

玲は駅の事務室に連れていかれた。警官や駅の事務員に囲まれ、名前を訊かれ、保護者の連絡先を訊かれた。何も答えず、ずっとうつむいていた。

けれど真夜中になって、玖郎がやってきた。帰ってこない玲を心配して、交番に届け出たらしい。

顔を上げると、見たことのない顔をした兄が立っていた。

血の気の引いた顔色をしていて、でも血が滲《にじ》みそうなほどに唇を噛み締めていた。玲が口をひらく前に、頬を思いきり張り飛ばされた。

「二度とやるな……！」

痛みよりも、ショックの方が強かった。玖郎に手を上げられたのは初めてだ。怒ったことだって、ほとんどなかったのに。

「──」

頬を手で押さえる。燃えるように熱くて、自分の手が氷みたいに冷たかった。

「こんなこと、絶対にだめだ。絶対に、絶対に」

声も唇も震えていた。拳に握った手の甲に、青く血管が浮いていた。

「ごめん…なさ…」

涙が滲んだ。

「約束してくれ。二度と──」

言いかけて、玖郎はゴホッと咳《せ》き込んだ。激しく咳き込んで、前かがみになる。

「お兄ちゃん！」

玲は玖郎にすがりついた。玖郎は床に膝をつき、全身を揺らして苦しそうに咳《せき》をした。

子供の頃、玖郎はよく気管支炎になっていた。最初はコホコホと空咳から始まって、だんだん咳が止まらなくなり、うずくまって激しく咳き込む。ぜいぜい、ひゅうひゅうという隙間風みたいな喉の音が怖かった。高熱を出して、祖父母が病院に駆け込むこともあった。家に一人で残されている時、玲は怖くて怖くてたまらなかった。玖郎に何かあったら。もしも玖郎がいなくなったら。

「お兄ちゃん……！」

お母さんはもういない。お父さんは最初からいなかった。たった一人の兄弟だ。玖郎がいなくなったら——

自分はひとりぼっちだ。

その日を境に、スリはやめた。

生活は苦しかったけど、玖郎がいなくなる恐怖の方が強かった。捕まるのが怖い。手をつかまれるのが怖い。捕まったら、玖郎に怒られる。玖郎がいなくなってしまうかもしれない。

同時に、人に手を握られるのが怖くなった。さわられるのも苦手だ。必要以上に人に近寄られると、逃げたくなった。

自分は泥棒だ。犯罪者だ。誰も自分には近寄るな——

玲が十一歳の時に、祖父が亡くなった。

葬儀は寂しいものだった。昔の仕事仲間がちらほら来ただけだ。祖父は腕のいい手品師だったのに。サーカスで活躍したこともあったのに。

玖郎は十七歳になっていた。いろんな大人が家に来て、玖郎と話をしていた。玲は部屋に行っていなさいと言われたけど、こっそり聞き耳を立てた。

引き取ってくれるような親戚はいない。玖郎だけなら遺族年金で一人暮らしをすることは可能だけど、弟を育てるのは無理だ。弟だけでも施設に預けなさい——大人たちはそう言っているようだった。

玲は怖くて怖くてたまらなかった。階段の隅にしゃがみ込み、階下の話し声に耳を澄ませながら、抱いた膝の間に顔を埋めていた。古い木造の家は底冷えがする。足元から寒気が這いのぼってきた。

（怖い）

どうしよう。玖郎がいなくなる。ひとりぼっちになる。

（俺が泥棒だから？）

違う。お金がないからだ。お父さんもお母さんもいないからだ。泥棒したってだめだった。ひとりぼっちになる。

そんな時に、あの男がやってきたのだ。

あの——〝灰色鴉《がらす》〟が。

「泥棒の子」

小さなひそひそ声は、どこから飛んできたのかわからないけど、確実に玲にぶつかった。投げつけられた消しゴムのかけらみたいに。

玲は振り返らなかった。なんの反応もしなかった。誰が言ったのかなんて関係ない。どうせクラス全員がそう思っているんだから。

クラス中が、学校中が、町中が知っている。

玲と玖郎は、泥棒の子だ。

祖父の葬儀が終わった後に現れた男は、やけに身なりのいい紳士然とした男だった。ピシッとしたスーツを着て、高そうな腕時計をして、ピカピカの靴を履いている。投資アドバイザーという職業は玲にはよくわからなかったけど、儲《もう》かる仕事をしているらしい。

何かの冗談みたいだった。この男が、自分たちの父親だなんて。血が繋がっているなんて。仏壇に置かれた母の写真は、日焼けした顔で癖毛を無造作に結んで青空の下で笑っている。あの母が、このすました男と結婚していたなんて。

けれど彼の髪は、玲と同じまっすぐな黒髪だった。そのことに、玲はなぜかひどくショックを受けた。

「今まで連絡もせずに、すまなかったね」

祖父母と母の位牌《いはい》に手を合わせてから、男はそう言った。古い家の仏間でぱりっとしたスリーピースを着て正座をしている姿は、笑いそうになるくらいちぐはぐだった。

彼はかつて、祖父の手品の弟子だったんだそうだ。弟子がいたなんて、初めて知った。彼は手品師にはならなかったけど、祖父の娘――玲たちの母親と結婚した。そして、離婚した。

「僕はずっとアメリカにいてね。君たちには会わせてもらえなかったし、養育費も受け取ってもらえなかった」

　マネキンみたいに整った顔をした男だった。高い鼻の下の薄い唇が、感情のよくわからない薄い笑みを浮かべている。男と向かい合って正座をした玖郎は、無表情にうつむいていた。

　玲は玖郎のうしろに隠れるように座っていた。男の顔を見ると目が合ってしまうので、別のところばかり見ていた。膝の上に置いた手に指輪をしている。結婚指輪じゃない。石のついた指輪だ。黒いつやつやした石で、なんとなく目が行ってしまう。

「お母さんが亡くなったことを知った時にも来たんだけど、僕はこの家の敷居をまたがせてもらえなくて……親父《おやじ》さん——君たちのおじいさんに、追い返されてしまった」

「どうして離婚したんですか?」

　ずっと黙っていた玖郎が、初めて顔を上げて口をひらいた。

　男は玖郎を見つめ返す。口をひらきかけた時、右の眉毛の端がぴくりと動いた。

　あ、と玲は思った。片方の眉が小さく動く癖。それは、自分と同じだ。

「うーん……性格の不一致というか、いろいろ合わなくてね。ほら、お母さんは研究で世界中を飛び回っていたから、生活も合わなくて」

　薄い唇を苦笑の形にゆがめて、男はそう言った。嘘だ、と玲は思った。

　緊張している時や嘘をついている時、人には無意識にしてしまう仕草がある。足を組み替えたり、やたらに顔をさわったり。玲の場合は、眉だ。これから手品を仕掛けようとする時や、相手をけむに巻こうとする時、そんな時に、片方の眉が少しだけ動いてしまう。まったく自覚はなかったけれど、祖父に指摘されて気をつけていた。でも無意識のことだから、なかなか直せない。

その癖が、同じだった。男が嘘をついていることよりも、同じ癖を持っているということに、玲は強いショックを受けた。間違いなく、自分はこの男の子供なのだ。

「それで、君たちはこれからどうするのかな」

どこか他人事《ひとごと》のような口調で、男が言った。

「……」

玖郎は再びうつむく。玖郎が黙っていると、男は懐から何かを取り出した。畳の上をすべらせて、玖郎の前に差し出す。銀行の預金通帳と印鑑、キャッシュカードだった。

「なんですか、これ」

玖郎は顔を上げた。

「君たちには必要だろう。聡子《さとこ》さんはあまりお金を残せなかったようだし……親父さんも高齢だったから、苦労したんじゃないかな。今まで何もできず、すまなかった」

「……」

預金通帳をしばらく見つめてから、静かな声で、玖郎は言った。

「受け取れません」

その声音を聞いて、玲は玖郎が怒っていることに気がついた。玖郎はいつも穏やかに微笑んでいるけれど、怒る時は怒る。激しく怒る時もあるし、見た目ではわからないけど、静かに怒っていることもある。

「あなたは母と離婚して、他人になったんでしょう。あなたに養育されるつもりはありません」

「親が離婚しても、養育費を受け取るのは子供の権利だよ。今までの養育費の分だ。受け取ってほしい」

「いえ…」

「お金は絶対にあった方がいいよ。君の将来のためにも、玲の…」

男はちらりと玲に目を走らせた。名前を呼ばれて、玲はびくっとして玖郎の服の端をつかんだ。

「弟の将来のためにも」

「…っ」

玖郎は動揺したように見えた。唇を噛み締めて、考えている。膝に置いたふたつの拳に、青く血管が浮いていた。

「……僕は高校を出たら働くつもりなので」

通帳には手を伸ばさないまま、玖郎は言った。痛みに耐えているような、苦しそうな声だった。

「就職したら、少しずつお返しします」

「返さなくていい。それに、君も希望の進路があるなら行くといい。君たち二人が大学に進むくらいの学費と生活費はあるから」

「いいえ。必ずお返しします」

「僕が働いて稼いだ金だよ」

「お返しします」

ぴしりと跳ね返すような声だった。こんなに冷たい態度を取る玖郎を見るのは、初めてだ。

「……強情だな」

男がふっと微笑《わら》った。

「聡子さんにそっくりだ」

マネキンみたいな顔が揺れて、初めて人間らしい表情が覗いた。玲は少し見惚《みと》れて——それから、なんだか怖くなった。今まで記号でしかなかった〝父親〟が、急に血肉を持った存在に思えてきて。

「あと、この家はもうずいぶん古いだろう。どこかマンションでも借りた方がいいんじゃないかな。僕が保証人になるから」

「いえ。僕と玲は、今まで通りこの家で暮らします」

きっぱりと言うと、玖郎は男に向かって頭を下げた。深々と、ひたいが畳につきそうなほどに。

玖郎が頭を下げたので、玲は男とまともに顔を合わせた。真っ黒な、玲と同じ色の瞳をしている。その目を細めて、男が微笑った。


父親が現れても、表向きは何も変わらなかった。生活はあいかわらず質素だったし、しばらく前から二人暮らしだったようなものだ。

高校を卒業すると、玖郎《くろう》は就職した。鍵を扱うロックサービスの会社だった。自分の得意なことで役に立てるからと玖郎は言っていた。

父親だという男は、月に一度くらいの頻度で下町の家にやってきた。手土産に高そうなお菓子や果物を持ってきて、困っていることはないかと訊《き》く。玖郎はいつもそっけない態度で接していた。兄がそうだから、玲《れい》も男とはあまり話さず、親しくなることはなかった。

ひとつだけ、よく覚えていることがある。

その日はたまたま、玲は先生に呼ばれて帰りが遅かった。学校から帰ると、玄関にピカピカの革靴があった。それで、父親が来ているんだとわかった。

玲は仏間に向かった。父親はいつも仏壇に手を合わせ、兄弟と少しだけ話をしていく。父親の質問に玖郎が言葉少なに答える形だ。でもその日は、何か話し合っているような声が聞こえた。ぼそぼそと、やけに真剣に。

「そんな……！」

玖郎がショックを受けたような声を上げた時、古い家の廊下が玲の足の下でミシリと音を立てた。

「…っ」

はっとしたように、二人が同時に振り返った。

「――」

振り返った玖郎は、ひどく怖い顔をしていた。初めて見た――違う、玲の頬を叩《たた》いた時と同じ顔だ。

けれどすぐに、お面を取り替えるように、玖郎は表情を替えた。淡く微笑《ほほえ》む。

「おかえり、玲。遅かったね」

「おかえり」

二人揃《そろ》って、笑みを浮かべる。なんだか自分だけがのけものにされたみたいな、変な感じだった。

足を崩して座っていた父親が立ち上がった。玖郎はうなだれて座ったままだ。父親は身をかがめて玖郎の肩をぽんと叩くと、耳元で何かを囁《ささや》いた。

玲の方に近づいてくる。玲は思わず一歩下がった。

「玲、学校はどうかな」

お面のような笑顔で、いつも同じことを言う。玲はいつもと同じように答えた。

「普通」

そう、と微笑みを深くした後、父親はいつもと違うことを言った。

「天国でお母さんが見てるよ」

玲は父親の顔を見上げた。父親はにこりと目で笑うと、すたすたと玄関に向かった。玖郎はしばらく動かなかった。

その日の夜のことだ。

キシキシと階段を下りていく音で、玲は目を覚ました。玲は物音に敏感な方だ。隣の部屋の玖郎がトイレにでも行ったんだろう。

そのまま寝ようとしたけれど、足音はいつまでたっても戻ってこない。玖郎が帰ってこないと、玲は不安になる。そっと布団を上げて部屋を出た。

玖郎はトイレにはいなかった。台所にも、居間にもいない。明かりがついていたのは仏間だった。襖《ふすま》が半分くらい開いていて、廊下に光が漏れている。

「……ッ」

仏壇に向かってうずくまっている背中が見えた。

ひたいが畳にくっつくくらい、上体を折っている。とっさに、気管支炎の発作を起こしたのかと思った。その頃はもう発作を起こすようなことはなかったけれど。

「……さない」

そばに行こうとした足が、小さな声で止まった。

「……ゆるさない……許さない……っ」

小さな、でも何かにぶつけるような強い口調の声だった。玖郎が泣いている。仏壇に向かって、肩を震わせて。畳にぽたりと涙が落ちるのが見えた。

「――」

見てはいけないものを見てしまった気がして、玲は声を出せなくなった。

そろりそろりと後ずさりをして、そっと階段を上がる。自分の部屋の布団に潜り込んで、ぎゅっと目を閉じた。

一度きりのことだった。それ以来、父親と玖郎が長く話していたことも、玖郎が泣いていたこともない。

だけど、玖郎は変わった。

あまり笑わなくなった。一人で何かを考えていたり、何か調べたりしていることが多くなった。玲には笑みを見せるけれど、心が笑っていない感じがした。社会人として仕事をこなし、家では家事をこなしながら、どこか心がここにないみたいだった。

「何かあった？　兄ちゃん」

何度か、そう訊いた。玖郎は決まって微笑んで答える。

「なんで？　何もないよ」

笑みを向けられるたびに、距離ができる気がした。そばにいるのに、どんどん離れていってしまう。

玖郎が遠いところに行ってしまった気がした。


父親はあいかわらず定期的に家に来ていたけれど、そんな暮らしは三年ほどで終わった。

父親が死んだのだ。ガンが体中に転移していて、手のつけられない状態だったという。しかも、死ぬ前に警察に捕まっていた。拘置所で死んだのだ。

彼が捕まって初めて、玲は父親が泥棒だったことを知った。

鈍器で頭を殴られるような——足の下が抜けてまっさかさまに落ちるような、衝撃だった。

泥棒。

だから、と思った。

だから、玖郎はあんなに怒ったのだ。玲がスリで捕まった時に。

玖郎は知っていたんだろう。父親が泥棒だということを。しかも、刑事に二つ名をつけられるほどの悪党だったことを。

両親が離婚した時、玖郎はもう物心のつく年齢だった。両親や祖父母の話を漏れ聞く機会もあっただろう。もしかしたら、それが離婚の原因なのかもしれない。いや、きっとそうだ。

父親が犯罪者だったから、玖郎はあんなに怒ったのだ。玲がその血を受け継いでいるみたいで、耐えられなかったから。

——こんなこと、絶対にだめだ。絶対に、絶対に。

青ざめた玖郎の顔を思い出すと、心臓がぎゅっとなる。目の前でガチャリと扉を閉められ、真っ暗な中に置き去りにされる気がする。

親権者でも後見人でもなかったので、父親の逮捕や死で、兄弟に直接影響があったわけじゃなかった。でも、祖父母の代からずっと暮らしてきた町だ。近所の人たちは、祖父が手品師だったことも、両親が離婚したことも知っている。玖郎が鍵開けが得意だったことも。

兄弟は地元で孤立するようになった。それまでは親がいないからとあれこれ声をかけてくれた人も、迷惑そうな顔をして避けるようになった。壊れた鍵を直してくれと、玖郎に頼んできたこともあったのに。

玲は身に沁《し》みて実感した。

一度犯した罪は、消えないのだ。何年たっても、悔い改めても、死んでも。烙印《らくいん》のように、鎖のように、血のようにからみついてくる。

泥棒の子。

（その通りだ）

父親が死んだ時、玲は中学二年生だった。それまでは普通に友達もいたけれど、波が引くようにみんないなくなった。まるで、玲が何か悪い病気でも持っているみたいに。

時々、玲はじっと自分の手を見つめる。利き手の右手。器用で、手品が上手《うま》くて、財布を掏《す》ることができる手。

父親のことを考えるたびに、怒った玖郎を思い出すたびに、突きつけられる。

この手は真っ黒に汚れている。目には見えないけど、黒い血で汚れているのだ。だからみんな避ける。

だけど、自分はしょうがないと思う。自分は本当に犯罪者だ。でも玖郎は――

「っ、と、わり」

ぼんやり歩いていたら、昇降口で男子生徒とぶつかった。違う。玲は通路の端を歩いていたのに、わざとぶつかってきたのだ。

「おい、気をつけろよ。そいつ、アレだろ。隣のクラスの」

玲は中学三年生になっていた。三年になってからは、学校の誰ともほとんど口をきいていない。ぶつかってきた奴《やつ》の顔も知らなかったが、隣のクラスらしい。

「うわ。やべ」

「そいつ、手品が得意なんだろ」

「サイフ盗まれてないか?」

仲間が集まってきて、大げさに騒ぎ立てた。騒ぎながら、にやにやと笑っている。わざとぶつかって、わざと騒いでいるのだ。玲が〝泥棒の子〟だから。

(くだらない)

周りを囲まれ、下駄箱に背中をつけてうつむいて、玲は吐き捨てたかった。

くだらない。世の中は嫌なことばかりだ。祖父母も母も、真面目にいっしょうけんめい生きてきたのに。玖郎はあんなに真面目で、あんなにいっしょうけんめい生きているのに。

どうしてこんなに嫌なことばかりなんだろう。どうしてこんなに苦しいんだろう。

「……どけよ」

低く呟《つぶや》く。聞こえているのかいないのか、隣のクラスの連中は騒ぐのをやめない。「泥棒」という言葉に、他の生徒たちが眉をひそめていた。教師が廊下を通りかかったが、ちらりとこちらを見て、目を逸《そ》らして行ってしまった。

「どけよ」

顔を上げて、今度ははっきりと、玲は言った。

「ああ?」

男子生徒たちが色めき立った。

「犯罪者がなんか言ってるぜ」

「おまえの父親、泥棒だったんだろ。盗んだものはちゃんと返したのかよ?」

「この服も盗んだ金で買ったんじゃないの?」

言いながら、一人が玲の学生服の胸ぐらをつかんだ。

胸の中で、びくりと心臓が跳ね上がった。

「……るな」

「ああ?」

「離せ!」

腕を振り払いざま、玲はポケットに入れていたものを相手に突きつけた。本能で手が動いた。身を守るために。

「っ!」

男子生徒たちがどよめいた。

玲が手にしているのは、ナイフだ。でも、本物のナイフじゃない。手品用の模造品だ。

「うわ」

「こいつ、マジでやべえよ」

「誰か先生呼んでこい」

よく出来た模造品だから、本物だと思ったらしい。男子生徒たちが怯《ひる》んだ隙に、玲はさっとナイフを畳んでポケットに入れ、集団を押しのけた。そのまま昇降口を出て、校門に向かう。くだらない。嫌なことばかりだ。こんな世の中、うんざりだ。

嫌気がさすと、玲はよく川原に行った。東京《とうきょう》の川岸はしっかりと護岸整備がされ、コンクリートで固められているところが多い。そういう場所は落ち着かなくて、少し離れた広い河川敷まで行った。

大きな川がゆったりと流れていて、土と草の川原が広がり、サッカーができる広場もある。大きな橋があって、夕暮れ時には空が茜《あかね》色に染まる。そして、カラスがいる。

カラスは嫌いだった。だって、父親が灰色鴉《がらす》と呼ばれた悪党だったから。カラスは光るものを集める習性があるそうだ。父親は宝石ばかりを狙う窃盗犯だった。

でも、カラスは自分によく似ている。黒くて、ゴミ捨て場で餌を漁《あさ》っていて、みんなに嫌われていて。

カラスを眺めていると、不思議に気分が落ち着いた。家からは離れているから、学校の連中や近所の人に会わないのもいい。本当はアルバイトをしたかったけど、中学生じゃどこも雇ってくれない。

暗くなるまで、玲は川原で一人で過ごした。人が少ない橋の近くで、制服のポケットからマジック用のコインを取り出す。

少し前から、手品をする時には黒い手袋をつけるようになった。素手だとなんだか落ち着かないからだ。マジシャンだった祖父は白い手袋をつけていたけれど、白は自分には似合わない。だから、黒い手袋をつけた。

コインを指と指の間で移動させたり、いったん隠して、また出現させたり。指先に意識を集中していると、頭が空っぽになっていく。何も考えなくていい。

「あっ、…と」

数を増やしているうちにうっかり指で弾《はじ》いてしまい、コインが一枚こぼれ落ちた。草原をころころと転がっていく。銀色のコインが夕陽《ゆうひ》を反射してきらりと光る。

次の一瞬、夕陽が遮られて、バサリと音がした。

「っ！」

玲は反射的に片腕で頭を覆った。

すぐ近くで、バサバサと羽音がする。小さな突風が巻き起こる。羽音がやんで目を開けると、一羽のカラスが地面に降り立っていた。

黒い大きな嘴《くちばし》の先に、銀色のコインをくわえている。真っ黒な目でじっと玲を見ながら、首を傾《かし》げた。

「おまえ……」

知っているカラスだった。カラスの知り合いなんておかしいけれど。

「こら。返せよ」

玲はカラスに向かって片手を差し出した。カラスはトントンと数歩逃げて、振り返って玲を見る。黒々とした目をきょとんとさせて、首を傾げた。その仕草は、かわいいと言えなくもない、ような。

「いたずらするなよ」

玲はちょっと笑ってしまった。

鉄橋の下でこのカラスを見つけたのは、数ケ月前のことだ。橋脚の足元で何かが動く気配があって、見にいくと一羽のカラスがうずくまっていた。草むらの陰に身をひそめて、弱々しく翼を震わせて。

事故にでも遭ったのか、黒い翼に血がついていた。うまく飛べないようで、餌が取れずに弱っていたんだろう。

橋のあたりにはカラスがたくさんいる。他のカラスよりも小さくて、まだ子供のように見えた。それでも巣立ちはしているんだろう。餌がとれなければ、そのうち死ぬ。

草むらでもがいているカラスを、その血で汚れた翼を見下ろしながら、少し迷った。

カラスなんて、好きじゃなかった。むしろ大嫌いだ。でも、そのカラスはまるで自分みたいに思えた。親もいなくて、汚れていて、みすぼらしくて、
こんなの感傷だ。自分を憐《あわ》れんでいるだけだ。わかっているけれど、放っておけなかった。

動物病院には連れていけない。お金もないし、野生動物は診てくれないと聞いたことがある。だから、とりあえず食べ物をやった。コンビニで買ったソーセージや、おにぎりや。それくらいしかできることがない。

最初のうちは、カラスは玲を警戒しているようだった。近づくと、飛べない翼を動かして必死に逃げようとする。だから食べ物を置いたら離れて、遠くから様子を窺《うかが》った。

充分に離れると、カラスは食べ物を嘴でつつき始めた。食べている。食べた後は橋脚に身をくっつけて、ひっそりとうずくまった。次の日も行ってみると、まだそこにいた。

毎日、玲はカラスに餌をやった。そのうちにカラスはすっくと立ちあがるようになり、玲が近づいても逃げなくなった。真っ黒な目玉をキラキラさせて、餌をねだるように玲を見る。

「飛べるようになったら、もう行けよ」

そう言うと、その場でバタバタと羽ばたいて、少しだけ浮き上がってまた戻った。ほら、まだムリでしょ、と言いたげに。まるで言葉がわかっているみたいだった。

「変な奴だな」

苦笑して、また餌をやった。そのうちにカラスは飛べるようになり、橋の下にいることはなくなった。

でも、玲を見つけると飛んでくる。挨拶するみたいに、喜んでいるみたいに、玲の頭上をぐるぐると旋回する。

傷は治ったようだけど、翼を広げると、少し曲がっているのがわかった。それで玲はカラスを見分けられるようになった。曲がった翼でも、ちゃんと飛んでいる。

カラスはいたずら好きのようだった。玲が手品の練習をしていると、ちょっかいを出してくる。特にコインやリングがお気に入りだ。隙を見て奪って、窺うように玲を見る。

「それ、じいさんの形見なんだよ。返してくれよ」

手を差し出して言うと、カラスはじっと玲を見つめる。黒々とした瞳がガラス玉みたいだ。首を傾げて、何かを考えている。考えているとしか思えない。

少しすると、カラスはトントンと玲の足元にやってきて、嘴に挟んでいたコインを玲の足元に置いた。

「すごいな。言葉がわかるのか？」

さすがに人間語がわかるわけじゃないだろう。でも、ときどき理解しているとしか思えない行動をする。図書館で調べてみると、カラスはとても頭がいいらしかった。

夕暮れ時に、寂しい川原で一人、カラスと遊んでいる。

玲は内心で自嘲した。自分にはお似合いだ。

そうしたら――もう一人飛び込んできたのだ。

子供だ。玲より幼い少年だった。

「うわっ！」

ある日、鷹匠《たかじょう》みたいにカラスを腕にとまらせて遊んでいたら、カラスが急に高く舞い上がってから降下した。そこに子供がいた。

嘴も足も出さなかったから、攻撃したわけじゃないだろう。たぶん隠れるようにうずくまっていたから、威嚇しただけだ。

「やめろ！」

でも、子供には怖かっただろう。カラスを制止して遠ざけ、近づいて声をかけた。

「君──ケガはない？」

子供は顔を上げて玲を見た。

(涙)

「──」

胸をぎゅっとつかまれた気がした。

その子は泣いていた。たぶんカラスに驚いたせいじゃない。目の縁いっぱいに涙がたまっている。まだ小学生くらいの男の子だ。

(こぼれそう)

誰かの目を正面から見たのは、ひさしぶりだった。白い部分が真っ白で澄んでいて、黒目との境がくっきりしている。子供の目って、こんなに綺麗《きれい》でまっすぐなんだと思った。

自然に手が伸びた。その目から涙がこぼれるのを、見たくなくて。

「…っ」

男の子はわずかに身を引いた。でも、逃げない。こぼれそうな瞳でじっと玲を見ている。誰かにこんなにまっすぐに見つめられたのもひさしぶりだ。周りの人はみんな、玲を避けていたから。

「……そんなに怖かった？」

訊くと、男の子はぱちぱちと瞬《まばた》きをした。そしてはっとしたように拳で目元をこする。目元を赤くして、ばつが悪そうにそっぽを向いた。拗《す》ねたようなふくれっ面がかわいかった。

「ふ」

玲はちょっと笑った。先生か親に怒られたのか、友達とケンカしたのか。このくらいの普通の子供が泣く理由が、玲にはよくわからなかった。自分が子供の時は、お金のことばかり考えていたから。

でも、子供が泣くのは嫌だなと思った。だから手品を見せた。玖郎はいつも玲の手品で笑ってくれた。

「髪に何かついてるよ」

その子の髪に触れる仕草をしてから、髪の中から取り出したふりをしてたんぽぽを出す。そのへんにひっそりと咲いていたセイヨウタンポポだ。花を使う手品が得意なので、こっそり袖に潜ませていた。

「あれ？」

男の子は目を丸くした。目を丸くする、という表現がぴったりだ。さっきまで涙でいっぱいだった瞳に光が宿って、きらきらと珠《たま》のように輝く。

「えっ」

さらにたんぽぽを綿毛にすり替えてみせると、もっと驚いた。玲はふうっと綿毛に息をふきかけた。

「わあ……」

夕焼け空に、白い綿毛が風に吹かれて飛んでいく。

男の子は口をぽかんと開けて綿毛を見つめている。つられて、玲も空を見上げた。

もう陽は暮れかけていた。昼間は眩《まぶ》しくて直視できなかった太陽が、今はとろりとした陰ったオレンジ色になり、地表近くまで沈んでいる。たなびく雲を光が照り返して、空は絵の具を塗り重ねた絵画みたいだ。いくつもの色が複雑なグラデーションになっている。鏡に映したように、その色が川面にも広がっていた。

綺麗だな、と思った。この川原に来るようになってずいぶんたつけれど、空を綺麗だと思ったのは初めてだ。

「ま……魔法？」

男の子がぽつりと呟いた。

玲は胸を衝《つ》かれた。

そうだった。子供の頃、玲は魔法使いになりたかった。おじいちゃんみたいな、人を楽しませる魔法使いに。

ひさしぶりに、それを思い出した。お金はないけれど、楽しかった頃。男の子のきらきらした瞳を見つめて、玲は小さく笑った。

少年は健斗《けんと》と名乗った。

玲は毎日川原に行くわけじゃなかったけど、行くとたいてい彼に会った。近くの小学校の生徒ではなく、少し遠くから来ているらしい。いつも一人だった。

どこから来ているのか、どうして泣いていたのか、玲は訊かなかった。だって自分だって訊かれたくないから。名前も名乗らなかった。

「名前なんていいだろ？　魔法使いってことにしといて」

そう言うと、男の子は口を尖《とが》らせて拗ねる。その顔がかわいくて、意地悪したくなった。

健斗といるのは、楽しかった。特に手品の練習をするには最高の観客だ。まっすぐな目で真剣に見つめて、簡単に騙《だま》されてくれて、素直に驚く。驚いて目を丸くすると、瞳に光が入ってきらきらした。その瞳を見ていると、楽しくて、明るくて、しあわせな気分になった。

とても綺麗なものを見せてもらっている気がした。

健斗がどうして川原に来るのか、その理由が分かったと思ったのは、彼の答案用紙を見た時だ。

くしゃくしゃにしてポケットに入れられていた算数のテスト。直線だけで書かれた不器用な字で、名前が書かれていた。

真柴《ましば》健斗。

音で聞いた時は、わからなかった。名前の漢字を見てもすぐに思い至ったわけじゃない。帰宅してテレビのニュースをぼんやり見ていて、気づいた。

少し前に日本中を騒がせていた、無差別通り魔殺傷事件。

二十代の男が車で歩道に突っ込み、通行人を次々と撥《は》ねたのだ。車が建物にぶつかって止まると、今度は刃物で通行人に切りつけた。意味不明なことをわめきながら車道に飛び出し、車に轢《ひ》かれて死亡した。

二人が亡くなって、多数の怪我人《けがにん》が出た。亡くなった二人のうちの一人の名前が、真柴だ。

まだ小学生の子供がいるお父さんだと報道されていた。とてもいいお父さんで、仲のいい家族だったと。玲はニュースを真剣に見ていたわけじゃなく、むしろ世の中すべてがどうでもよくなっていたけれど、大きな事件だったので覚えていた。

真柴。よくある名前じゃない。子供の名前や年齢は伏せられていたけど、被害者は近くの区に住んでいたようだし、間違いないだろう。

「ねえねえ。俺にも手品を教えてよ」

最初に会った時は目に涙をためていたけど、健斗はよく笑うようになった。いっしょうけんめい、笑っている。自分にできることはそれしかないというように。

「だめ」

「えー。なんで」

「健斗が驚かなくなっちゃったら、つまんないだろ」

「えー。イジワルだなあ」

ふくれた頬が、尖らせた唇が、きらきら輝く瞳が――

胸が痛むくらい、大切だと思えた。

(消えてほしくないな)

彼の不幸と自分の不幸を比べるつもりはなかった。世の中は不公平で理不尽で、酷《ひど》いことなんていくらだって起きる。

(消さないでくれ)

でも、この子が笑ってくれるのなら。この子が笑って生きていける世の中なら――

どれだけ真っ暗で汚れていても、どこかに光はあるんじゃないかと思えた。

「ねえ。明日も来る?」

「わかんないよ」

「明日も来てよ。俺も来るから」

「うーん、どうしようかなあ」

どうか、笑っていてくれ。自分には何もできないけど、せめてここにいる間くらいは。お願いだから――

そんな時間は、長くは続かなかった。健斗の母親が自殺未遂をして、母の実家に引っ越すことになったからだ。

最後に川原で会った日、健斗は泣いていた。今まで突っ張っていたものが折れたみたいに。ぎりぎりまでためられていたコップが一滴の水であふれたみたいに。

泣かないでほしくて、ただ笑っていてほしくて、玲は彼に小さな青い石をひとつ渡した。お守りのように。

――自分だけの宝石を胸の中に持っていれば、真っ暗な中でも迷わない。

そう言ったのは覚えている。自分に言い聞かせたようなものだった。せめて綺麗なものをひとつだけ、この胸に持っていたかったのだ。

それで、終わった。たったそれだけ。

しばらくして玲も引っ越し、川原には行かなくなった。翼の曲がったカラスにも会わなくなった。

ずっと忘れなかったわけじゃない。正直、ほとんど忘れていた。自分もいろいろあったし、健斗にもあっただろう。健斗は自分より子供だったから、きっと忘れているに違いない。

でも時々、ふとしたはずみに思い出した。まっすぐな瞳。こぼれた涙。顔ははっきり思い出せなくても、笑ってくれた時の胸苦しいような嬉《うれ》しさを覚えていた。思い出すたびに、あの子が笑っていてくれればいいなと、遠い国の平和を願うように願った。

それが、あんなにでかくなって現れるとは。


「——玲さん」

知らない声が、名前を呼ぶ。低い、大人の男の声だ。

(誰だよ)

こんな声で、こんなふうに自分を呼ぶ男は知らない。横向きにソファに倒れ込んでいた玲は、うっすらと瞼《まぶた》を開けた。

「玲さん、大丈夫ですか?」

ぼやけた視界の中で、知らない男が自分を覗《のぞ》き込んでいた。

閉店後のマジックアワーだった。玲はソファ席で横たわっていた。

取り返したネックレスがジェットの贋物だったと判明してから、一週間近くがたっている。

ブルーが依頼人に連絡していたが、小田島《おだじま》からはまだ返信がないらしい。マスターが何か調べているようだった。

あの依頼が囮《おとり》だったとして、それがカラスをおびき寄せるためなのか、本当に玖郎なのか、まだわからない。玖郎が生きているのかどうかさえ。

「玲さん」

「……うるさい」

このところよく眠れなかった。眠ると昔の夢を見る。嫌な夢ばかりだ。夢も見ないほどに眠りたくて、強い酒をストレートで呷《あお》り、そのままソファに倒れ込んでいた。

「具合い悪いんですか？」

ソファの横にしゃがみ込んで、男が覗き込んでくる。心配そうな目をしていた。そのまっすぐな目を見て、思い出した。

（健斗）

思い出すのと同時に、手が伸びた。頬に触れる。

「え」

健斗がちょっと瞬きした。

アルコール浸しの頭がだんだんはっきりしてくる。これは大人の健斗だ。成長した健斗だ。成長しすぎだ、と会うたびに思う。

「……ゆき」

健斗の髪に、小さな白いものがぱらぱらとくっついていた。指ではらうと、見る間に透明な雫《しずく》になる。

「ああ」

健斗がちらりと笑った。スーツの上に黒いコートを着ていて、そのコートにも雪がぱらついている。いつのまにかスーツが似合う男になった。

「雪が降ってきたんですよ。寒いと思ったら。玲さんもこんなところで寝てると風邪をひきますよ」

健斗の前髪をはらった時、その下のひたいに傷ができているのに気づいた。血が滲《にじ》んでいる。

「血が出てるぞ」

玲はソファから身を起こした。

「あ。仕事中にちょっと……」

健斗は自分のひたいに触れる。指先に血がついたのを見て、ちょっと眉を上げた。でも、その血をぺろっと舐《な》めてしまう。

(子供か)

こういうところは、あの頃の健斗と変わらない。大人と子供が混ざっている。知っている健斗と、知らない健斗。

「健斗、公務員だろ。なんでそんなケガするんだよ」

「ひった……いえ、あの、仕事中に自転車とぶつかって転んじゃって」

「ちゃんと手当てしたのかよ」

「すりむいただけですから。後で絆創膏《ばんそうこう》でも貼っておきます」

「けっこう血が出てるし、砂がついてるぞ」

知らない男。でも、健斗だ。あの川原で、玲の手品で笑ってくれた。この子が笑っていてくれるなら、この先なんとか生きていけると思えた。

「……絆創膏、上の部屋ならあったかも」

座った状態で、体を近づける。前髪をかき上げて、目を覗き込んだ。

「来るか？」

健斗は目を瞬《しばた》かせた。ワイシャツの襟からのぞく喉仏が、コクリと小さく上下した。


玲の部屋はビルの一番上の四階だ。上がる時はエレベーターを使うけれど、地下までは来ない。なので、いったん外に出てビルの玄関に回らなくちゃいけなかった。

外に出ると、風に小雪が舞っていた。でも、まだつもるような雪じゃない。道路は濡《ぬ》れているだけだ。街灯の光の中でだけきらきらと舞って、アスファルトに触れるとすぐに消える。

「さむ…」

吐く息が白くなる。玲はシャツにベストのバーテンダースタイルだったので、ぶるっと震えて肩を抱いた。冷たい寒気で酔いが一気に醒《さ》める。

「俺のコート着てください」

健斗が自分のコートを脱いで肩に着せかけてきた。

「いいよ、すぐだし」

「玲さん、すぐ風邪ひきそうだから」

(健斗のくせに)

大きなコートになんだか腹が立つ。肩にかけられると、かすかに煙草《たばこ》の匂いがした。健斗自身は匂いがしないから、どこかでくっつけてくるんだろう。玲の知らない、健斗が生きている社会。

がたがた揺れるエレベーターに乗って、四階で降りる。商業用の古い雑居ビルだから、廊下やドアもそっけない事務的な造りだ。灰色のスチールのドアの鍵を開けて、中に入った。

中はがらんと広いワンルームになっている。適当に区切ってソファやベッドを置き、シンクやバスルームを増設していた。どれも簡単な造りだ。家具も少ない。元から自分の持ち物は少なかった。

「靴のままでいいから。って、前に言ったよな」

「あ、はい」

健斗は一度ここに来たことがある。業者やマスター以外にここに入ったことがあるのは健斗だけだ。

靴を履き替える場所はないが、玄関の内側に適当に靴を並べていた。玲は内外兼用のサンダルに履き替えた。

部屋はパーテーションで雑に仕切っている。入り口側のスペースにラグを敷いて、ソファを置いていた。タイルの床をぺたぺたとサンダルで歩き、ソファの背に健斗のコートをかける。

健斗を手招きした。

「上着、脱いで」

「え?」

「濡れるだろ。早く」

「え、あ、はい」

健斗は素直にスーツの上着を脱ぐ。それもソファの背にかけ、ネクタイも外させた。

「じゃあ、こっち」

壁際に取り付けてあるシンクまで行く。パイプがむき出しになった、スチール製の業務用のものだ。健斗をその前に立たせて、ガッと後頭部をつかんで蛇口の下に突っ込んだ。

「うわっ!?」

レバーを上げて水を出す。健斗の頭に勢いよく水をかけた。

「ちょっ、ちょっと」

「傷口洗うから横向いて」

「やめ、い、いたっ。玲さん、痛いです」

「我慢しろよ。男の子だろ」

ジャバジャバと流水をかけて、傷口を洗う。けっこう大きな傷だったが、深くはないようだった。これならきっと傷跡は残らない。

砂と血をしっかり落として、水を止めた。頭を上げさせると、髪から水が滴り落ちる。シャツの肩までびしょ濡れだ。

「あ、タオル忘れた」

「玲さん……」

濡れた前髪が垂れ、眉を下げて情けない顔になっている。洗われてしょんぼりしている大型犬みたいだ。玲はクックッと笑った。

「とりあえずこれで拭いといて」

手拭き用のタオルを投げ、洗面所に行く。バスタオルと、洗面台の引き出しに入れてあった絆創膏や傷薬を取り出した。部屋に戻り、健斗をソファに座らせてバスタオルをばさっとかける。

「あの、自分でやりますから」

「いいからおとなしくしてろよ」

健斗の足の横に片膝をついて、乱暴に髪をがしがしと拭いた。いつもはそれなりにセットしている髪がぐちゃぐちゃになると、高校生みたいだ。玲が知っている健斗に少し近づいた気がする。

（高校生の健斗）

どんな高校生だったんだろう。あの彼もこの彼も、健斗なのだ。間の空白を埋めたくなる。知らない健斗を知りたくなる。

「乱暴だなあ、もう」

健斗は手で髪を直している。玲は傷用の軟膏のチューブの蓋を開けた。

「これでいいかな」

指先に出して、健斗の顔に顔を近づける。前髪を上げて、そっと軟膏を塗った。

「痛いか？」

「大丈夫、です」

しっかりした眉。皮膚の下に感じる骨の形。あの頃ふっくらしていた頬が削げて、輪郭がシャープになっている。

（あ。髭《ひげ》）

近づいて見ると、顎のあたりにぽつぽつと髭が伸びかけているのが見えた。朝に剃《そ》ってから時間がたっているからだろう。健斗も髭を剃るんだよな、と思う。あたりまえだけど。

傷口に絆創膏を貼る。「これでよし」と立ち上がった。

「ありがとうございます」

シンクの隣に冷蔵庫が置いてあって、一応キッチンになっている。料理はまったくしないから、冷蔵庫を開けてもろくなものが入っていなかった。水とビール。チーズ。ゼリー飲料。そのくらいだ。

「ビールとコーヒーと水と炭酸水、どれがいい？」と訊くと、「えーと、じゃあ水で」と返ってくる。ミネラルウォーターをグラスに注ぎ、自分には炭酸水のボトルを持って、ソファに戻った。

グラスを健斗に渡して、ソファの隣に腰を下ろす。ボトルの炭酸水を呷った時、ソファの背にかけた健斗のスーツがやけに白っぽく汚れているのが目に入った。

「スーツ着て、なんでこんなに派手に転ぶんだよ」

手に取って、ぱんぱんと汚れをはらう。そういえば、前に健斗がここに来た時も、玲をかばって殴られて倒れたのだ。

「健斗、ケガしすぎだろ」

「はは」

「お母さん、心配してるぞ」

「優しいんですね」

目を細めて、健斗は微笑《わら》った。玲はむっとしてスーツを放り出した。

「別に。お母さんも大変だなって思っただけ」

「前にここで手当てしてくれた時も、優しかった」

「あれは俺のせいだったから……健斗がケガばっかかしてるからだろ」

「……ずっと、子供の頃から思ってました」

健斗は両足の膝に肘をつき、両手でグラスを持っている。グラスの水面に視線を落として、言った。

「優しくて、寂しい人だって」

「俺、子供の健斗に優しくなんてしなかっただろ」

そっぽを向いて、わざと冷たく言った。

「健斗が素直でバカ正直だから、手品の練習にちょうどよかっただけだよ」

「優しかったですよ」

こちらを見て、にこりと笑う。子供の頃にはしなかった笑い方だ。知らない間に大人びた笑い方をするようになった。

「これ」

グラスをローテーブルに置くと、健斗はワイシャツのボタンを外し、首から下げていたチェーンを引っ張り出した。チェーンの先には石がついている。川原で最後に会った日に玲が渡した、青い石。

「あの時、この石を握らせてくれたから……だから俺は、ここまで歩いてくることができました」

「大げさだろ。そんなの……」

たまたま川原で拾った石だ。ちょっと綺麗だったから、手品に使おうかとポケットに入れていただけ。宝石でもなんでもない。なんの価値もない。

でも、小さなかけらのようなものにすがって生きる気持ちは、わかる気がした。

玲は正面を向いて炭酸水を呷った。玲の部屋には、テレビはない。代わりにあちこちの壁に絵を架けていた。

玖郎が描いた絵だった。子供の頃、玖郎はよく鍵をいじっていた。祖父がコレクションしていた、鍵や金庫。でも、父親――〝灰色鴉〟が現れた頃から、鍵をいじるのをやめてしまった。

代わりに、高校の美術部に入った。手を動かしていないと落ち着かないらしい。玖郎の絵は抽象的なものが多かった。何が描いてあるのかよくわからない。本人に訊くと、「頭の中にある色を描いているんだ」と返ってきた。頭の中にあるものを描き出すと、すっきりするんだそうだ。

玖郎が描いた絵は、今この部屋にある。絵を描いていたのは高校の時だけだから、数は多くない。この絵と、たくさんの鍵と金庫を残して、玖郎はいなくなった。

「俺がどのくらいこの石に救われてきたのか、玲さんにはわかんないだろうな」

隣で健斗がぽつりと呟《つぶや》いた。青い石を、手のひらにきゅっと握り込む。

「誰にもわかんないよ。これは俺の宝物」

横顔に笑みが浮かんでいる。川原で拾ったただの石ころを、本物の宝石みたいに大切に握りしめて。

「……」

横顔を見ていたら、ざわりと胸の底が疼《うず》いた。

触れてみたくなった。誰かにさわりたいなんて――ひさしぶりだ。

手を伸ばして、髪をくしゃっとする。まだ濡れている。あの頃も、こんなふうに健斗の頭を撫《な》でたことがあった。あの頃は自分はかがんで、小さい頭を撫でた。健斗の髪はすべすべしていた。

今は、頭の位置が自分よりも高い。手に触れる髪の感触はしっかりしていて、少し硬い。

「玲さん？」

健斗の前に立って、足の間に片膝をついた。両手で髪をくしゃくしゃとする。それから、絆創膏を貼ったひたい、頬、顎に、両手でぺたぺたと触れた。

「れ、玲さん」

「……シャツ、濡れてるだろ」

「え？」

「脱げば？」

「え、ちょ、ちょっと」

ワイシャツのボタンをプチプチとはずして、前をはだける。アンダーシャツをまくり上げた。

「おー…、鍛えてんな」

スーツやコートを着ているとわからなかったけど、なかなか立派な身体《からだ》だった。ボディビルダーのような盛り上がった筋肉ではないけれど、どこもかしこも引き締まって、薄いなめらかな筋肉がついている。しなやかで反発力の高そうな、鞭《むち》のような筋肉だ。ゴリラじゃなくて、チーターや狼《おおかみ》のような。

「や、俺、ボディビルみたいな鍛え方してるわけじゃないんで、筋肉はそれほど」

健斗は焦った顔をしている。かわいくて、もっとからかいたくなった。それとももっと、人人の健斗を見たいような。

「空手やってるんだっけ？　実用的な綺麗な筋肉だな」

アンダーシャツをまくり上げた裸の胸に、ひた、と手のひらをあててみた。エアコンはつけているけれど、自分の手は冷たいだろう。健斗は小さく身じろぎする。

「……健斗は、綺麗だな」

胸の真ん中に青い石がぶら下がっている。それを見ると、胸がきゅっと痛んだ。

「わかってないのは、健斗の方だよ」

健斗は知らない。わかってない。

「俺がどんなに――……」

あの笑顔に、どんなに救われていたかなんて。

上体を伏せて、顔を近づけた。裸の胸に、そっと口づけてみる。

「…っ」

ピクッと胸の筋肉が動いた。

唇をずらしながら、チュ、チュと口づける。片手で腹を撫でてみた。腹筋がうっすら割れている。指でたどると、痙攣《けいれん》するように腹が波打った。

「じっとしてろよ」

「く、くすぐったい、です」

「これ、なんていうんだっけ。シックスパック？」

「いや、そんなに割れてないんで……」

腹筋を撫でながら、舌先で胸を舐める。そのまま顔を上に持っていき、首筋を舌でたどった。

ちょっと塩辛い汗の味がする。

「あ、あの俺、今日ちょっと走ったんで、汗臭いかも」

「うん……健斗の味がする」

髭がちくちくする顎にもキスをする。頬を手ではさんで、間近で目を合わせた。

「玲さん」

「……」

素直な目がいたたまれなくて、目を伏せた。

あの頃の自分がどんなに健斗に救われていたか、健斗は知らない。知らなくていい。絶対に言わない。

（でも、今だけ）

今だけ、少しだけ。深入りしないようにするから。傷つけないように、汚さないようにするから——

「ん……」

唇に唇を重ねる。自分から健斗にキスをしたのは初めてだ。

健斗の唇は乾いていて、少し荒れていた。でも、熱い。どこもかしこも熱いな、と思う。きっと自分には熱すぎる。

「…っ」

舌を少しからめて唇を離そうとしたら、大きな手に後ろ頭をつかまれた。もう片方の手で腰を引き寄せられる。足の間に片膝をついた不自然な体勢だったから、バランスを崩して膝の上に乗る形になった。

「ん、健…」

大きく噛《か》み合わせるようにして、唇が深く重なってくる。舌が絡みついてきて、唾液がぴちゃぴちゃと音をたてた。

「ちょっと…」

離そうとしても、唇も、抱きしめてくる腕もどうにもならない。大人の男の、強い力だ。強引に全部を持っていってしまうようなキスだった。前にも思った。健斗のくせに、こんなキスをするなんて。

「も、……なせよ」

互いの吐息が口の中で絡みあう。

「俺もさわっていい？」

健斗の片手が、ベストの上をすべるように動いた。

「……ッ」

びくりと上体を引いて、玲は健斗の両肩をつかんだ。力をこめて引き剝がす。唇と唇の間に唾液が糸を引いて、ライトの光に細く光った。

「だめ」

「え」

息が上がっているのを知られたくなくて、拳で口を拭った。ことさら冷たく言い放つ。

「おまえからさわるのはだめ」

「えー…」

情けない顔になる健斗の肩に手を伸ばす。ふわりと、抱きしめない軽さで腕を回した。

「俺が——さわるから」

もう一度首筋に口づけて、今度は少しきつく吸った。

「ん」

健斗の体がぶるっと震えた。

はだけていたシャツを脱がせて、アンダーシャツも首から引き抜く。床に足を下ろして身をかがめ、首筋から胸を唇でたどった。乳首を舌先で転がす。

「れ、玲さん」

「俺にさわるなよ。いいな?」

「や、ひどくないですか」

健斗の頬が赤くなっている。腰がもぞもぞと動いた。中途半端に上げた手のやり場がなさそうだ。

「つか、あの……すいません、そんなことされると」

たちます、と小声で言う。さわらなくても、目でわかった。スラックスの股間が窮屈そうだ。

「……」

玲はちらりと舌を出して唇を舐めた。

「手で……してやろうか」

「え、あ、あの」

スラックスの上から、やんわりと握ってみる。それだけでぐんとさらに大きくなるのがわかった。健斗の体温が上がって、首筋から体臭が立ち昇る。つられるように、玲の体温も上がった。

「ベルト、窮屈だろ」

バックルに手を伸ばす。男のベルトをはずすのは初めてだ。固くて面倒くさい。バックルだけはずしてスラックスのボタンをはずすと、健斗が手を伸ばしてきた。

「あ、ちょ、ちょっと待って」

「いいから」

ファスナーを下ろす。下着の上から触れてみた。

固くて、熱い。他人の体温。他人の熱。今まで遠ざけてきたのに。触れないようにしてきたのに。

「……あ」

スラックスの中に手を差し入れて握ると、半分かすれた吐息混じりの声が漏れてきた。大人の健斗の声。それが、こんなふうにぞくぞくと身の内をかき立てるなんて。

「健斗、大人になったなあ」

「んっ」

下着の上から揉《も》みしだく。布の中で、健斗のものは窮屈そうに形を変えた。薄い布越しに熱と質感を感じる。

「けっこう……でかい」

「……すみません」

健斗は恥じ入るように片手の拳で顔を覆っている。でも息が少し荒くなっていた。頬がうっすら赤い。自分が彼にこんな顔をさせているということに、ぞくぞくと身の内が疼いた。

「女の子に大きいって言われたことある?」

胸に舌を這《は》わせながら訊く。

「え、や、でも、普通だと思うんで……えーと、普通に、できました」

「……」

ちょっと、イラッとした。胸の底を引っかかれるみたいに。

(いいな、女は)

いつか健斗を手に入れる女が現れるんだろう。どんな女だろう。健斗は公務員だし、母子家庭で育っているから、きっと女性を大切にして堅実な家庭を築くだろう。たとえば子供は二人。家事はできるだけ分担して、休みの日には家族で遊園地。

(俺とは世界が違う)

もしも自分が女だったら。優しくてかわいい、普通の育ち方をした、普通の女だったら。あんな出会い方じゃなくて、普通に学校とか職場で出会ったんだったら。

そうしたら、健斗をもっと喜ばせることができただろうか。しあわせにしてあげられただろうか。

(……くだらない)

意味のない繰り言だ。埒《らち》もない。

自分で言わせたくせに腹が立って、健斗の口を乱暴に唇で塞いだ。舌をからませながら、下着の中に直接手を差し入れる。

「っ……!」

指に感じる、健斗の感触。生の。湿っていて、熱く脈打っている。この熱さに、自分はどこまで耐えられるかなと思う。

「ま、待って」

焦った顔をして、健斗は玲の手首をつかんだ。

「俺も、玲さんに、さわりたいです」

「……だめ」

俺じゃだめだ。だめだ。だめなんだ。

スラックスを下ろして、下着もずり下げた。指に力を入れて、きつめに握る。健斗が低く呻《うめ》いて、手の中のものがびくんと大きく形を変えた。

「うあ…っ」

「……健斗」

指をからませて扱《しご》きながら、唇に唇を重ねる。健斗の息が自分の口の中で跳ねる。触れているのは唇と性器だけなのに、彼の体の奥底のうねりのようなものを感じた。

「ま、待って。玲さん、俺…っ」

手を筒にして強く扱いて、指先で先端をいじる。指先がぬるついて、手の中に湿った熱がこもった。首筋から汗の匂いと体臭が立ちのぼる。頭の芯がくらっとした。甘い蜜に誘われる昆虫みたいに、首筋を舐める。

「気持ちいい？」

「んっ」

男を手でいかせるなんて、初めてだった。健斗のものはどんどん濡れてきて、クチュクチュとかすかな音をたてる。ちらりと見下ろすと、手の中でびくびくと生き物みたいに震えていた。

自分が相手を感じさせている、という興奮と高揚。

「あ、玲、さん…っ」

自分はあまり性欲が強い方じゃないと思っていた。それなりに経験はしたし、相手には不自由しなかったけど、体の生理的な欲求を処理していただけだ。性欲なんて、面倒だ。だから捨てたかっただけ。燃えるごみを出すみたいに、コンドームに出して捨てる。

「手の中で……いっていいよ」

でも今は。今は、この体を気持ちよくしたかった。この体に触れて、昂《たかぶ》らせて、気持ちよくできるのは、今は俺だけだ。

「玲さん…っ！」

いきなり、健斗が玲の手を乱暴に引き剝がした。

「待ってください、って」

そのまま体を反転させて、強い力で玲をソファに押し倒す。

「玲さん、好きです」

「健…」

あっさりと体勢を引っくり返された。健斗が唇を重ねてくる。深くゆっくりと絡み合わせて、顔を離した。

「好きです。だから……」

まっすぐな目が見つめてくる。こんなにまっすぐなものを他に知らない。

「お願いだから、俺とちゃんと向き合ってください」

上から見つめられて、玲は目を逸らして呟いた。

「出さなくていいのかよ」

「セックスしたいんじゃないんです。や、したいですけど、でも出せばいいわけじゃなくて」

「……」

「ちゃんと、心と体の全部で抱きあいたいんです。玲さんが好きだから」

馬鹿正直すぎて、ほとんど馬鹿だ。

変わっていない。こんなにでかくなってどこもかしこも変わったのに。一番真ん中の根っこのところは、あの頃の健斗のままだ。

こんなに変わらず綺麗なものが、世の中にあるなんて。

「………」

わざとため息を落として、玲はソファに後ろ手をついて起き上がった。自分は服は乱れていないけど、健斗のスラックスとパンツは玲が下ろしている。「それ、いいのかよ」と股間に顎をしゃくると、健斗はあわてて床に落ちていたバスタオルをつかんだ。

バスタオルを腰に巻くと、ローテーブルのグラスをつかむ。ごくごくと一気に飲み干し、何度か深い呼吸をしてから、玲に向き直った。

「――玲さん、俺に隠してることがありますよね」

まっすぐに訊いてくる。そんなにまっすぐ訊くやつがあるかと思う。

「それは……それはいいんです。俺だって、玲さんに言ってないことあるし」

玲はそっぽを向いて炭酸水のボトルに口をつけた。ガスがだいぶ抜けてしまっていて、すかすかした味だ。

「でも、俺を信じてくれませんか」

膝で近づき、玲の視線をつかまえて、健斗は言った。

「俺はあなたの力になれるし、味方になれる」

「味方……」

「絶対に裏切らない」

ふいに、ぐらっと心が揺れた。がくんと崩れ落ちそうになる。つっかえ棒がなくなったみたいに。

絶対に裏切らない。そんなものがこの世にあるだろうか？

「……のくせに」

泣きたくなった。それから、腹が立った。腹立ちにまかせて、健斗の下腹部を蹴りつけた。

「…っ…！」

声にならない悲鳴を上げて、健斗はうずくまった。

「俺、シャワー浴びてくる」

さっさと立ち上がる。ソファの上で丸くなっている背中に向かって、言い放った。

「俺がシャワー浴びてる間にトイレ使って。終わったら、出てけよ」

「れ……玲さ……」

震える背中と声を無視して、バスルームに向かう。ことさら大きな音を立てて、玲はバタンとドアを閉めた。

◇

ひったくり犯を現行犯で捕まえられたのは、たまたま運がよかったからだ。

健斗《けんと》はその日、管内の交番を訪れていた。このところ新宿《しんじゅく》近辺で自転車を使ったひったくりが頻発している。その捜査だ。

夜に人通りの少ない道で歩行者に後ろから近づき、すれちがいざまに荷物を奪い取るという犯行だった。目撃証言では犯人は帽子をかぶってマスクをしていて、二十代から五十代くらいの男ということしかわかっていない。ただ、ママチャリのようなシティサイクルではなく、スポーツバイクに乗っているらしい。犯行エリアは広く、他の区にも跨《また》がっていた。

近隣の警察署と連携して捜査にあたっていたところ、先日、同様の事件が発生した。被害者は残業帰りの会社員の女性だったが、自転車の車体の色と特徴を覚えていた。そして、メーカーも推測してくれた。フレームに書かれたメーカー名は隠されていたが、なんでも彼氏がスポーツバイク好きで詳しく教えられ、自分も買いたいと検討していたところだったらしい。そこで可能性のあるメーカーのカタログから該当するモデルをピックアップして、一帯の交番に写真を配っていた。

そうしたところ、管内の交番から報告が上がってきたのだ。

「町内の一戸建てなんですが、玄関先にこの写真と同じクロスバイクが置かれています」

交番の責任者の箱長が、地図を示しながら説明してくれる。

「夫婦と二十代の息子の三人暮らしなんですが、息子が会社を辞めてずっと家にいるらしくて……一度、怒鳴り声と大きな物音がすると近隣から通報があったことがあります」

交番の警察官は、巡回連絡や自治会との連携で町内の様子を把握している。無職の息子がやっかいな存在になっているらしいと説明したあと、箱長は若い巡査に話を託した。

「あ、あの、このひったくりですが、月曜か金曜の夜に集中してますよね」

まだ若い巡査が、緊張した面持ちで話し出す。警察学校出たての新人だ。健斗にも覚えがある。なんとか手柄を立てたい、役に立ちたいと一生懸命なのだ。

「そうですね。それは他の署でも言われていました。仕事か生活習慣の都合があるのかと」

健斗は頷《うなず》きながら聞く。

「それで、先週の月金の夜、ひったくりが起きる時間帯にその家に行ってみたんです。二日ともクロスバイクはなくなっていました」

「……」

巡査は指示を仰ぐように健斗を見る。残念ながら健斗も刑事としては新人だ。一緒に来ている花岡《はなおか》に顔を向けた。

「今日は金曜ですね。行ってみますか？」

花岡が頷いた。

「そうね。様子を窺《うかが》ってみましょう。まだ任意で引っぱれる段階じゃないし」

若い巡査に案内してもらい、まずは覆面パトで家の前を流した。車庫の横に停められているクロスバイクを確認する。時間はまだ早い。巡査は交番に帰して、離れたところに車を停めて張り込むことにした。

住宅街なので、同じ場所に長時間は停められない。車を移動しながら、張り込みをした。真冬の夜で、エンジンをかけられないから車内は寒い。花岡と交代でコンビニに行ったりしながら、三時間。問題のクロスバイクが動き出したのを見て、そっと後を追った。乗っている男はニット帽をかぶってマスクをしている。

「フレームのメーカー名、同じ色のテープで隠されてるわね」

助手席の花岡が双眼鏡で確認しながら言った。

「最初に確認した時はテープは貼られてませんでしたよね。クロかな」

「もう少し追ってみましょう」

だが相手は自転車で、住宅街の細い道をするすると走り抜けていく。車で追うには限界があった。態勢を整えて出直すべきかと相談していたところ、曲がり角の先で悲鳴が上がった。

「きゃ…っ」

車を降りて急行すると、若い女性が路上に尻餅をついていた。ひったくり犯は女性や高齢者を狙うことが多い。力が弱く、バッグも小さいからだ。

「どうしましたか？　警察です」

花岡が駆け寄る。女の子は声を震わせ、道の先を指さした。

「じ、自転車が後ろから近づいてきて、バッグを……」

「追います」

健斗はすぐに車に戻った。その背中に、花岡の声が飛んでくる。

「無理しないで！」

道の先にクロスバイクを見つけた。サイレンは鳴らさなかったが、追われていることに気づいたらしい。クロスバイクは車が通れない階段に逃げた。

階段の中央には、自転車を押して歩くための段差のない部分がある。けっこう急な坂だが、犯人は猛スピードで下りていった。普段からやっているんだろう。

「くそ」

健斗は車から飛び出し、階段を二段飛ばしで駆け降りた。階段の下はT字路になっている。かなりのスピードがついていたクロスバイクは階段の下でいったん停止し、大きく後輪を振ってよろけた。そして後ろを見て、健斗が追ってきているのを見て、ぎょっとして走り出そうとした。

そこに、タックルをかけた。

犯人は現行犯で確保した。けれど、応援を呼んで追ってきた花岡には、開口一番で叱られた。

「無理しないでって言ったでしょう!」

冷静に考えれば、犯人の名前も住所もわかっているんだから、いったん引いて犯人の家で待ち、帰ってきたところを確保して持ち物と自転車を調べればよかったのだ。だけど現行犯を前にして、ヒートアップしてしまった。つい体が出てしまうのは健斗の悪い癖だ。

「すみません」

盗犯係の係長にもたしなめられた。

「大きなケガがなくてよかったが、真柴《ましば》は状況を見極める前に突っ込んでいくところがあるな。腕に覚えがあるのはいいが、腕っぷしなんざ使わないに越したことはない」

「はい……」

ガラガラ声の辰村《たつむら》係長は、声は怖いが部下思いのいい上司だ。同僚や他の係の刑事たちは現行犯逮捕を褒めてくれたが、健斗は落ち込んだ。犯人を捕まえられたのは、別に健斗の手柄でもなんでもなく、交番の制服警官たちの地道な努力の結果だ。

「真柴くん、ひたいをすりむいてるわよ。どこか打ってるかもしれないし、病院行って。今日はもういいわ」

「はい」

そうして落ち込んだままマジックアワーに行き――かすり傷だったので病院は省略した――玲《れい》に会って、いろいろあって、部屋を追い出されたのだ。

（俺、やっぱり刑事としてはまだまだだな）

盗犯の筋肉派なんて言われて、少しいい気になっていたかもしれない。雪の降る真夜中に放り出されて、ちょっと風邪もひいた。次の日は休みだったので、風邪薬を飲んで一日布団にくるまっていた。

翌日、朝起きると、風邪はすっかりよくなっていた。

丸一日ろくに食べていなかったので、朝からグーグーと盛大に腹が鳴った。洗面所で顔を洗い、鏡を見てひたいの絆創膏《ばんそうこう》に触れる。両手でほっぺたを叩《たた》いて、気合いを入れた。

「…っし！」

なにしろ健康で頑丈なので、長く落ち込んでもいられない。裏目に出ることがあるとはいえ、頑丈なのは自分の数少ない取り柄のひとつだ。

それから数日は、ひったくり犯の実況見分と取り調べと報告書に追われた。経験不足は経験を積むことでしか乗り越えられない。できる仕事を全力でこなした。

事件の処理がひと段落つき、夜になって同僚たちが退勤すると、健斗は自分のデスクに資料を積み上げてパソコンを起動した。

ドラッグについて、少し調べてみようと思ったのだ。

警察学校でもひと通り習ったけれど、危険ドラッグは次々新しいものが出てくるし、法令も変わっていく。法が変わると、それをすり抜ける新しい薬や手法が出てくる。いたちごっこだ。まずは手に入る資料や警察白書をさらって、現状を把握した。それから、刀浦《とうら》が言っていたD・Tについて調べてみる。

「ないな……」

最新の資料やネットで調べても、D・Tなんてドラッグは出てこなかった。検索すると、関係のなさそうなものが大量にヒットしてしまう。刀浦はかなりレアなドラッグだと言っていた。生活安全課の柳《やなぎ》が知らなかったんだから、うちの管内では摘発されたことがないんだろう。

関係部署の資料や警視庁のデータベースには何かあるかもしれないが、健斗の権限ではアクセスできるデータは限られている。じゃあ、柳が言っていたデビルス・ティアーズとかいうドラッグについて調べてみるか――とキーボードに指を置いたところで、後ろからガッと首をホールドされた。

「うっ」

「何やってんだよ」

ぐぐ、と首を持ち上げて背後を見る。柳だ。どうしていつもヘッドロックなんだ。

「や、柳さ……」

「一人だけ居残ってると思ったら」

健斗が積み上げた資料とパソコンの画面を見て、柳はハンサム顔をしかめた。

「ドラッグなんて、うちか他の部署にまかせろって言っただろ」

「は、はい。でも」

「……」

柳は首を締め上げたまま健斗の顔を見下ろす。しばらくして、ため息をついて腕を放してくれた。健斗は首をさすりながら大きく息を吐いた。

隣の席の椅子を引っぱってくると、柳は背もたれを前にしてどかりと座り込んだ。

「何かそんなに気になることがあるのか？」

「あの…」

「話せよ。力になるから」

強引で夜遊び好きで、人を引っぱり回してばかりの先輩だ。でも、剣道部のＯＢだった頃からとても世話になっていた。健斗が警察学校に入った時はいろいろアドバイスしてくれたし、教官の目を盗むテクニックも教えてくれた。実践して大変な目に遭ったが。交番勤務の時はちょくちょく寄ってくれて、健斗が成果を上げると褒めてくれて、失敗すると慰めてくれた。どっちの手段も酒なのはかんべんしてほしいけれど、寮でも一緒なので、私生活でも一番世話になっている。

「……あの、知り合いの家族が……ドラッグを使ってるかもしれなくて」

「……」

柳はじっと健斗の顔を見てくる。唾を飲んだり目線を揺らさないようにするのに苦労した。

「まだ確証はないし、俺が警察官だから、相手は何も話してくれないんですが」

――やっぱり、言えない。一番世話になっている先輩だけど、肝心なところは言えなかった。

「でも、力になれたらと思って。俺、警察官だから」

ちらりと柳の顔を見る。背もたれに両腕を乗せて、何か考え込んでいた。

「――D・Tってドラッグについて、オレもちょっと調べてみたんだけど」

おもむろに、柳が口をひらいた。

「噂《うわさ》はまだそんなに広まっていない。ごく一部のホステスやホストの間でこっそり噂されてるみたいだな。客に貢がせることができるって」

「俺もそう聞きました」

「急に売り上げが上がったホステスがちらほらいて、それを使ったんじゃないかって言われてるらしい。でも、実際に使ったって話は確認できていない。新宿以外でも検挙されたことはないし、うちの組対も把握していなかった。本庁や厚労省はわからんが」

「本当にそういう効果があるんですか？」

「……」

健斗の問いには答えず、柳は椅子のキャスターを転がして近づいてきた。

「なあ、真柴。約束してくれないか」

真剣な顔で、健斗を見据える。

「え…。なんですか」

いつもへらへらしている人だけど、顔が整っている分、真面目な表情をすると少し怖くなる。

健斗は顎を引いた。

「薬については調べてやる。ほんとに新宿でそんな薬が出回っているなら、オレだって気になるからな。その知り合いの家族についても、力になる。もしも本当にドラッグをやっているなら、早く捕まえてやった方がいい。早いうちなら脱け出せるし、病院や更生施設もある」

「……はい」

「でも、生半可に関わるのはやめろ。ミイラ取りがミイラになるなんて話、警察官でもいくらだってある。知り合いだからって油断したり情けをかけると、おまえが薬を使われて利用されるかもしれないぞ。そんなことになったら、警察人生は終わりだ。いや、人生そのものが終わっちまうかもしれない」

「――」

瞬《まばた》きできずに柳の目を見つめる。でも、ごくりと唾を飲んでしまった。

「だから、知っていることは全部オレに話せ。その知り合いについても、オレにまかせてほしい。D・Tとやらと、それからデビルス・ティアーズについても、おまえはこれ以上深入りするな」

「……」

「いいな」

ここまで真剣な顔は、出会ってから初めて見た。自分が知らなかっただけかもしれないけれど。気圧《けお》されて、健斗はつい頷いてしまった。

「はい……」

「よし」

柳はギッと椅子を鳴らして体を引いた。スーツのポケットから何かを出す。ミントのタブレットだった。そういえば柳はいつも息がさわやかだ。

「その知り合いの家族ってのは、何歳くらいなんだ？　何か症状が出ていたり、日常生活に支障が出てたりするのか」

タブレットを口に放り込み、健斗にもくれる。手のひらに受け取って口に入れると、強めのミントの刺激が広がった。

「あの、そういうことも全然教えてくれなくて……名前も、年齢もわからないです」

「ふうん」

髭《ひげ》の剃《そ》り具合を確かめるみたいに、柳は片手で顎を撫《な》でる。

「ドラッグはどんどん低年齢化、一般化してるからな。学生や、ごく普通の会社員や主婦が手を出す例も多い。覚醒剤みたいに注射器を使うとか、スニッフィング——鼻で吸うとかだとヤバい感じがするけど、最近のはお菓子みたいだからな」

「MDMAとか、ラムネみたいですよね」

ネットでも検索するといろいろな写真が出てくる。カラフルなラムネみたいだったり、クッキーみたいだったり、バスソルトみたいだったり。呼び名も様々で、ドラッグだという意識が薄れてしまう。

「最近だと大麻グミとか、LSDを沁《し》み込ませたグミとかな。見た目はただのグミで、かわいくまさんの形をしてたりするからタチが悪い」

「……D・Tもそういう形なのかな」

ぼそりと口から洩《も》れてしまった。柳は軽く眉を上げて、顎を撫でて考える顔をしながら返した。

「D・Tは、カプセルだって噂を聞いたな」

「カプセルですか？」

「まだ出回っている数が少ないみたいだからな。原材料が何か知らんが、粉末にして手作業で調合してるんじゃないかな。MDMAや脱法ハーブは海外で大量に生産されて密輸や個人輸入で入ってくるけど、D・Tは今のところそういうルートじゃないらしい。暴力団がからんでいるかはわからない」

「……」

健斗はうつむいて考え込んだ。するといきなり、バンと両肩を叩かれた。びっくりして、口の中のタブレットを呑《の》み込んでしまう。

柳は健斗の両肩をつかんで、椅子ごとぐるりと自分の方に向けた。真正面から、顔を見据えてくる。

「何かわかったら、オレに言え。絶対に一人で対処しようとするな」

「――」

「いいな？」

「はい」

頷いた。でも、同時に思った。

自分はこの人を裏切っているんじゃないか。

そしていつか近いうちに、もっと裏切ることになるんじゃないか。

柳だけじゃない。盗犯係の辰村係長や、指導係をしてくれている花岡や、他の先輩刑事たちや。指導してくれて、信頼してくれて、期待してくれている人たちを、裏切っているのだ。玲や刀浦に関わることで。

（……でも）

玲を助けたい。何か犯罪に関わっているなら、なおさら。どうすれば助けられるのかわからないし、そもそも助けなんて求められていないけれど。

（俺、警察官失格なのかな）

どうすればいいかわからなかった。ひらいた資料に目を向けながら、健斗は無意識にシャツの胸元を探った。迷った時や考え込んでしまった時、指先で探るのが癖になっている。

シャツの布越しに指に触れる、小さな石の感触。

――どうしたらいいかわからなかったり、どっちへ行こうか迷った時は、心が明るくなる方を選べばいい。それが健斗の進む道だから。

あの人が、そう教えてくれたのだ。

心が明るくなる方へ。

その時、デスクに置いていたスマートフォンが、小さくブブッと震えた。

メッセージだ。スマートフォンを取り上げて、あ、と目を見ひらいた。玲からだった。

正月休みの時に連絡先は交換していたけれど、見ないし返信もしないと言っていたとおり、玲からはずっと何もなかった。たまに健斗が一方的に『今日、お店に行きます』みたいなメッセージを送っていただけだ。

その玲から、メッセージが来ていた。初めてだ。

『この間は悪かった。やつあたりした。今日は店は休みだから、仕事が終わってるならメシでも奢《おご》る』

ひったくり犯を捕まえた夜のことだ。中途半端な状態だったのに、蹴られた上に放り出された。さすがに気にしてくれていたらしい。

(玲さん)

味もそっけもない文章だ。だけどそれだけで、胸のうちに小さく明かりが灯《とも》った。

「お。なんだ。彼女か?」

そうとう嬉《うれ》しそうな顔になったんだろう。柳がスマホを覗《のぞ》き込んできた。

「違いますよ」

スマホを柳から隠す。スーツのポケットに入れて、パソコンの電源を落とした。広げていた資料を片付けて、立ち上がる。

「先輩、ありがとうございました。俺、今日はこれで失礼します」

「お? おお」

柳に一礼して、鞄《かばん》とコートを手に取る。足早に出入り口に向かうと、柳が背中に声をかけてきた。

「彼女ができたら教えろよ！」

「違いますって」

コートを着て、新宿署を出る。新宿の夜はいつもと変わらずネオンサインやビルの窓明かりであふれていた。ギラギラしていて、眩《まばゆ》くて、人がたくさん行き交っている。この街は昼も夜も光でいっぱいだ。目が眩《くら》みそうだ。

心が明るくなる方へ。

どうすればいいかはわからないけど、行きたい方向は知っていた。いつも石が教えてくれるから。ギラギラした光の裏側、薄暗い路地に向けて、健斗は足を踏み出した。

◆

「さむ……」

吐く息が白くなる。防寒のために手袋をする習慣がなくて、玲は冷えた指先をこすり合わせた。

小田島《おだじま》から連絡があったとブルーから聞かされたのは、昨日の午後のことだ。取り返したネックレスは郵便で送ってくれとのことらしい。宛先は私書箱になっていた。

「依頼の時は神妙な顔してたくせにさ。意外と演技派だったよねえ」

ピンクは憤慨して唇を尖《とが》らせていた。報酬は支払い済みだったが、お気に入りのワンピースが帰ってこないことに腹を立てているらしい。

さらにマスターの調査で、小田島が転職していたことがわかった。ニッケイケミカルという化学薬品の会社の研究員だったのだが、いつのまにか退職していたというのだ。

「ライテック・ジャパンという外資系の製薬会社に転職していた。ニッケイケミカルより大手だな」

マスターが「もう少し調べてみる」と言って、その話は終了した。

(ライテック……)

玲はダウンコートのポケットからスマートフォンを取り出した。もう何度か調べていたが、もう一度ライテックの名で検索してみる。

親会社は、ライテック・ファーマというアメリカの大手製薬会社だ。アルファベットのLとTを組み合わせたロゴがマークになっている。

そのロゴに、見覚えがあった。灰色鴉《がらす》が家に来て、玖郎《くろう》と何か話をしていた日。あれ以来、玖郎は一人で何かを調べていたり、考え込んでいたりすることが多くなった。玖郎は小さなノートパソコンを持っていた。こっそり部屋を覗いた時にディスプレイに映し出されていたのが――LとTのロゴマークだ。

（玖郎）

玖郎は今、行方が知れない。どこへ行って何をしているのか、生きているかどうかもわからない。

はあ、と指先に息を吐きかける。煙草《たばこ》の煙ならしばらく空中に漂うけれど、温かいだけの頼りない吐息は、夜気に溶けてすぐに消える。

玲が立っているのは、マジックアワーのあるビルの一階、エレベーターの前だった。屋根はあるけれど扉はないので、風が吹き込んできて寒い。

冬は嫌いだった。寒いと、嫌なことを思い出す。寒いだけで不機嫌になる。

手に持ったままだったスマートフォンが小さく震えた。見ると、健斗からのメッセージだ。

『もう少しで着きます』

街灯の届かない薄暗い玄関の中、明るい光を放つディスプレイをぼんやり眺める。誘ったのは自分の方なのに、俺は何をやっているんだろうと内心で思った。健斗と待ち合わせなんて。

いつのまにか、健斗はこんなに近くに来ている。いや、玲が入れたのだ。マスターもブルーもピンクも入れていない場所まで。きっちり線を引いて、誰も入れないようにしてきたのに。

だってなつかしかったから。あの頃の健斗はかわいかったから。健斗に笑っていてほしかった。それだけだ。

どうせ今だけだ。あんまり素直でまっすぐだから、ちょっと相手をしているだけ。初恋なんて、雪みたいなものだ。熱い体温に触れればすぐに消える。まっとうな相手に出会ってまっとうな恋愛をすれば、玲のことなんてすぐに忘れるに違いない。

健斗はそのまままっすぐに陽《ひ》のあたる道を歩いていけばいい。

(だったら)

目を離しがたくて、なんとなく画面を見つめ続けてしまう。ただ文字が並んでいるだけだ。なのに健斗の声が聞こえる気がした。嬉しそうな顔が見える気がした。

だったら、もうやめればいいのに——

その時、手の中のスマートフォンがもう一度、ブルッと震えた。

電話の着信だった。音は常に鳴らない設定にしている。非通知の着信だ。非通知なんて、普段は絶対に出ない。だけど。

「……」

だけどなぜか、胸騒ぎがした。トクントクンと、心臓の鼓動が速くなる。手の中で震え続ける薄い機械をじっと見つめた。

名前も顔もない、誰か。このまま出ないでいれば、切れる。非通知だから、かけ直すこともできない。

「…っ」

ほとんど衝動的に、玲は通話を繋《つな》いだ。

スマホを耳にあてる。こちらからは何も言わなかった。どこか電波の先に、うっすらと人の気配を感じる。

『……玲？』

囁《ささや》きに近い声に、玲は殴られたようなショックを受けた。

「……く」

聞き間違えるはずがなかった。この世でたったひとりの兄弟。こんな声で、こんなふうに玲を呼ぶ相手は、ひとりしかいない。

「……玖郎」

声がうまく出なくて、ため息のようなかすれ声になった。

電話の向こうの相手は、笑みを含んだ声で穏やかに返した。

『ひさしぶりだね、玲』

玲は喉を震わせて息を吸った。

どこにいるんだ。どうしていなくなったんだ。今、何をしているんだ。

言いたいことは山ほどあるのに、ありすぎてすぐに出てこない。ただ、「玖郎」と名前だけを呼んだ。

『心配させているだろうな。ごめん』

先回りするように、玖郎は言った。

玲は反射的にあたりを見回した。幽霊ビルと呼ばれているビルの一階。誰もいない。新宿はこれから夜の盛りを迎えるところで、繁華街はたくさんの人が行き交っているだろうけど、ここは街のはずれだ。ビルの玄関から見える道も人通りは少ない。

「……今、どこにいるんだ」

ようやくそれだけ訊《き》いた。

『ごめん。今はまだ言えない。でも、無事だから。僕のことは心配しなくていい』

「そんな」

そんな勝手な言い分があるかと返そうとした時、遮って玖郎が言った。

『取り返し屋のカラスというのは、おまえのことだな？　玲』

「…っ」

玲はクッと喉を詰まらせた。

『手品の技術をそんなことに使っちゃだめだって、あれほど言ったのに』

優しい兄が、ため息交じりに弟を叱る時の声音だった。

反発して、それから泣きたくなった。腹が立って、嬉しくて、悲しい。胸の中がぐちゃぐちゃになる。

「……金は盗んでない」

『知ってる。玲が何をしようとしているのかもわかっているつもりだ。でも、だめだ。今すぐやめなさい』

「……」

玲はすぐには返さず、スマートフォンから流れてくる気配の後ろ側を探った。何か、人の声とかアナウンスとか、雑踏の声、テレビの音。何か聞こえないだろうか。

「――ネックレス」

何も聞こえないので、とりあえず会話を繋げた。

「あのネックレスの依頼は、玖郎が仕組んだのか？」

『そうだよ』

こともなげに、玖郎は返した。

『取り返し屋はきっと玲だと思ったけど、居場所がわからないし、一人じゃないみたいだったから』

「小田島は玖郎の知り合いなのか」

『知り合いっていうか……まあ、そんなとこかな』

さらりとごまかす。玖郎には、昔からこういうところがあった。具合いが悪くても、生活が苦しくても、弟の前では平気そうにふるまう。穏やかな笑みの後ろに、全部を隠してしまう。

「あれはジェットで作った贋物《にせもの》だった……。〝悪魔の目〟の贋物なんだろう?」

『……』

玖郎は少し黙った。感情の起伏の少ない声で、訊き返す。

『悪魔の目というのは、誰に聞いた?』

「刀浦だよ」

ふっと息をこぼす音が聞こえた。

『刀浦さん、やっぱり玲を見張っているんだな』

刀浦さん。彼と玖郎は知り合いで、以前は手を組んでいたのだ。仲がよかったとは言い難いようだけど。

「俺、一度警察に捕まったことがあるから」

玲は軽く笑ってみせた。

「それ以来、首に縄をつけられてるよ」

『あの人、乱暴だろう。玲、大丈夫か。ひどいことされてないか』

「されてるよ。あいつ、新宿署の狂犬って呼ばれてたんだぜ。すぐ殴ってくるよ」

『本当に？　僕のせいだな。すまない』

「そう思うんなら、帰ってきてくれよ」

『――』

玖郎はふつりと言葉を止めた。それまでは、まるで時間が戻ったみたいに、普通の兄弟みたいに話していたのに。

『……ごめん』

小さな声が返ってくる。玲は吐息をこぼした。

軽く眩暈《めまい》がして、ひたいを押さえる。このところよく眠れないせいだ。食事もいいかげんになっていた。今日は店が休みだったから、なおさらだ。

「刀浦は、玖郎が悪魔の目と呼ばれる宝石を持って逃げたって言ってた。信用していたのに、警察を裏切ったって」

『……』

玖郎は黙っている。その背後には、やっぱり何も聞こえない。――いや、ごくかすかに機械の作動音のようなものが聞こえた。たぶん、エアコンだ。室内にいるんだろう。

少なくとも今、玖郎は暖かい室内にいる。玲はちょっとほっとした。玖郎は体が丈夫じゃないから。

「最近、新宿で、その悪魔の目によく似たＤ・Ｔってドラッグが出回っていると聞いた。玖郎が関わっているんじゃないかって、刀浦が疑っている」

『……D・Tは、人工の化合物だ。悪魔の目に似た作用があるけど、まがいものだ。でも、同じ宝石の形をしている』

平板な声で、淡々と玖郎は言った。

『削って粉末にして摂取するんだけど、ドラッグとしてはカプセルの形で出回っているから、今の日本で元の形が悪魔の目と呼ばれる宝石だと知っているのは、D・Tの製造元か、それに近い売人だけだ。僕はその製造元か売人を捜していたんだ』

「つまり……」

少し考えてから、玲は口をひらいた。

「D・Tは新宿の水商売の間で噂になっている。そこで小田島に贋物のネックレスを持たせて新宿の店を回らせ、吉成美紅《よしなりみく》を釣って、美紅から売人の城戸《きど》にたどり着いたってことか？」

吉成美紅のポーチに入れられていたGPSトラッカー。あれは玖郎が仕込んだんだろう。

『そう。ついでに取り返し屋のカラスに依頼させて、美紅に接触してくるカラスを見つけたんだ。あのピンクの髪の子、かわいい子だね。あの子の跡をつけて、いろいろわかったよ』

「ピンクは男だよ」

玲は思わず笑った。『本当？』と玖郎も笑う。新宿の片隅の薄暗い幽霊ビルの玄関で、束《つか》の間《ま》、笑い声が行き交った。

「――じゃあ、玖郎はD・Tには関わっていないんだな？」

『ああ』

「でも」

白い息を吐く。寒くて唇が乾く。喉も渇いて、無意識に玲はごくりと唾を飲んだ。

「俺、覚えてるよ。灰色鴉が――俺たちの父親が、黒い石の指輪をしていたこと。それから」

『……』

「お母さん……民俗学の研究者だったんだろう？　家にはお母さんの研究に関わるものは何も残っていなかった。でも、いろいろ調べて、論文がいくつか見つかったんだ。英語だったから、読むのに時間がかかったけど」

『玲』

「でも、がんばって読んだんだよ。俺、玖郎より成績悪かったのにさ。褒めてくれよ」

玲は小さく笑った。今度は、笑い声は返ってこなかった。

「それで、いろいろわかったよ。お母さんが研究していたこと。それから、死んだ時の…」

『玲』

いっそ冷たいくらいの無機質な声が、玲を遮った。

『悪魔の目に関わるのは、もうやめなさい』

「玖郎」

『玲には関係のないことだ。取り返し屋も、すぐにやめるんだ』

全部を断ち切ってドアを閉めるような、冷たい平板な声だった。

その声に、もうずっと前に一度だけ聞いた、小さな声が重なった。震える背中。畳に落ちた涙。

――許さない。

「玖郎」

細い糸が今にも切れそうで、玲は必死にスマートフォンに向かって呼びかけた。

「玖郎、いったい何をしてるんだ。何をしようとしてるんだ」

『もう切るよ』

「待ってくれ、玖郎……！」

すがるように、スマートフォンを握った。

次の瞬間、いきなり背後からスマートフォンを奪い取られて、玲ははっとして振り返った。

「――よう、玖郎。ひさしぶりだなあ?」

刀浦が立っていた。玲のスマートフォンを耳にあてて。

(しまった)

「また話ができて嬉しいよ」

刀浦はにっと笑う。やくざよりもやくざっぽい、笑いながら凄《すご》んだ顔で。

「……」

玖郎が何か返したようだった。刀浦は三白眼をすがめるように細めて、じっと聞いている。いまいましそうに、唇を歪《ゆが》めた。

「おまえが姿をくらますからだろうが。弟がかわいいなら、とっとと出頭しろ」

刀浦と玲とでは体格差がありすぎる。取り返すことはできない。玲はあたりを見回して、思い出した。そういえば、もうすぐここに健斗が来るのだ。

「俺、本庁に異動になったぜ。組対の薬物捜査係だ」

玖郎が何か話している。刀浦は黙って聞いて、鋭い声で訊き返した。

「場所は？」

スマートフォンを肩に挟み、ポケットから手帳を出してメモを取る。それを終えると、刀浦は低い声で言った。

「おまえのことも捕まえてやる。待ってな」

少しの間をおいて、刀浦は小さく舌打ちした。スマートフォンを耳から離す。切れたらしい。

「……」

黙って玲にスマホを差し出してくる。玲はゆっくり手を伸ばした。

スマホを手に取った瞬間、反対側の拳でガッと頭を殴られた。

「ッ…」

強い衝撃を受け、視界が回った。目の裏に光が散る。立っていられなくなって、玲はその場に膝をついた。

「やっぱり連絡を取ってやがったんだな。この犯罪者兄弟が」

「……玖郎から連絡が来たのは初めてだ」

回る視界の中、どうにかそれだけ言った。

「信じられるかよ！」

両膝をつき、さらに床に手をついたところを、ぐいと革靴で肩を押された。ぐらぐらと頭が揺れる。

玲の肩を片足で押さえたまま、刀浦は言った。

「D・Tなんて薬が出てきたのも、おまえの兄貴のせいじゃないのか」

「……違う」

まだ目が回っている。眩暈に耐えながら、玲は刀浦を睨《にら》んだ。

「玖郎はそんなことはしない」

「実際に指輪を持って姿をくらましただろうが！」

今度は胸を蹴られた。抵抗しようもなく、玲は真後ろにどさりと倒れた。

「玖郎を信じたオレが馬鹿だったよ」

刀浦はキレると手がつけられなくなる。革靴の足を大きく振り上げた。蹴られる。あるいは踏まれる。身を守るために、玲は反射的に両腕で頭をかばった。

「やめろ！」

そこに、声がした。

走ってくる足音がして、揉《も》み合う気配がする。目を開けると、刀浦を後ろから羽交い絞めにして、健斗が立っていた。身長はほぼ同じだが、健斗は刀浦をしっかりと押さえ込んでいる。

「っ…、おまえ」

後ろを見て、刀浦はぎゅっと顔をしかめた。腕を放そうと体をねじる。

健斗は両腕を放して、すばやくこちら側に回り込んできた。床に転がっている玲の前に立って、ファイティングポーズのように構える。

「うおっと」

刀浦は眉を大きく上げて、一歩後ろに下がった。

「やめろよな。おまえ、空手の有段者だろ？　やるわけねえだろ」

「……」

後ろ姿の健斗は構えを解かない。玲はのろのろと上体を起こした。殴られた頭を押さえて、刀浦を見る。

「おっかねえな。玲、怖いボディガードつけやがって」

笑ったようにも、しかめ面をしたようにも見える表情で、刀浦は唇を歪めた。

「また来る。玲、玖郎から連絡があったら教えろよ」

それだけ言い残して、あっさりと刀浦は背中を向けた。幽霊ビルから出ていく。後ろ姿が夜の街に消えていった。

「玲さん」

健斗が駆け寄ってきた。玲のそばに膝をつく。

「大丈夫ですか？」

大丈夫じゃない。頭がぐらぐらして、吐きそうだ。

「玲さん？」

健斗が肩に手を回してきた。玲は目を上げて、健斗を見た。

「――どうして、空手をやってるって知ってるんだ？」

「え？」

健斗は虚を突かれたような顔をした。

「おまえのことを空手の有段者って言っていただろう。どうして、刀浦が知ってるんだ？」

「え、あの……」

健斗は戸惑ったように目を泳がせた。唇を舐《な》める。

「えーと……俺、前にあの人に殴られましたよね。玲さんが殴られそうになってて。そのあと、マジックアワーで見かけたんです。で、今度ああいうことをしたら、俺が相手になりますっ

て」

「……ふうん」

ようやく眩暈が収まってきた。立ち上がろうとすると、健斗が手を伸ばしてくる。それを遮って自分で立ち上がり、コートの汚れをはらった。

「玲さん」

「悪い。食事の気分じゃなくなった。また今度にしてくれ」

健斗に背を向ける。エレベーターの上昇ボタンを押すと、すぐに扉がひらいた。

「じゃあな」

乗り込んで、開閉ボタンを押す。老人が動き出す時のように大儀そうにゆっくりと、古いエレベーターの扉が閉まり始める。

「玲さん……！」

何か言いかけた健斗の言葉を、灰色の扉が遮った。

◇

新宿署の自分のデスクで書類仕事を片付けていた健斗に電話がかかってきたのは、マジックアワーのビルで刀浦に会った翌日、夕方のことだった。

『今から言うところにすぐに来い。三十分以内だ。ああ、警棒と手錠持ってこいよ』

「は⁉」

健斗は慌てた。刀浦警部補だ。

『場所は早稲田《わせだ》。住所は……』

訳が分からず、とりあえずメモを取った。住所だけ言って、電話は切れた。

（三十分以内？）

椅子から立ち上がる。焦って周囲を見た。辰村係長と目が合った。係長はひたいに皺《しわ》を寄せてしかめ面を作ってから、ちょいちょいと健斗を手招きした。

「本庁の刀浦か？」

小声で訊いてくるので、頷いた。しかめ面のまま、「行ってこい」と言われた。

地図で場所を確認すると、早稲田の商店街のはずれのようだった。電車で三駅。乗り換えが要る。捜査車両は手続きをしないと使えないし、道路状況がわからないので、たぶん電車の方が早いだろう。言われたとおり警棒と手錠を装着し、コートを持って、健斗は刑事課を出た。

「真柴くん？　どうしたの」

席を外していた花岡と廊下ですれ違った。健斗が外出する様子なのを見て、不思議そうな顔になる。

「すみません、ちょっと」とだけ言って、健斗はエレベーターに乗り込んだ。

新宿署から駅まではずっと走った。山手線《やまのて》に駆け込み、高田馬場《たかだのばば》で乗り換え、早稲田に着く。

外に出ると、早稲田駅前は夕方の喧騒《けんそう》であふれていた。駅から出てきて帰宅の途につく人。買い物をする人。学校を終えた学生たち。早稲田は学生街だ。手ごろな飲食店や商店が立ち並び、人で賑《にぎ》わっている。

まだ夜のとば口だが、真冬なのですでに陽は暮れていた。新宿よりはあたたかみのある街明かりの中を、健斗は走った。最近は、夢の中でも仕事でも、自分はいつも走ってばかりいると思う。

走ると腰の後ろで手錠ケースがカタカタと鳴る。自分は何をしているのか、警察官として正しいことをしているのか、時々わからなくなる。制服警官になりたての頃は、正しい道を進んでいると疑いもしなかったのに。

目的の場所が近づいてきた。電車の中でスマホの地図で確認していた。そこには中華料理店があるらしかった。家族でやっているような小さな店で、地元の人や学生が食べにくる、いわゆる町中華だ。

ただ、そこは少し前に閉店しているらしかった。いったいそんなところになんの用がと思いながら近づくと、かなり手前で名前を呼ばれた。

「こっちだ」

　刀浦だ。曲がり角の手前で張っていたらしい。

「三十分超えてるじゃねえか」

「いや、無理ですって……」

　はあはあと息を切らし、健斗は膝に両手をついた。

　見ると、すぐ近くに白い車が停まっていた。赤色灯は出していないが、警察車両らしい。制服警官が運転席に座っている。

　曲がり角から覗くと、赤い庇《ひさし》が目立つ中華料理店が見えた。年季が入っていそうな店舗だ。周りにはぽつぽつと店があるけれど、すべて閉まっていて、街灯が頼りない光を落としている。人通りは少ない。

　でも目を凝らしてよく見ると、わかった。店の正面が見える街灯の陰に、一人。道の先の角に、もう一人。制服警官が立っている。たぶん裏側にもいるんだろう。私服警官の姿は見えなかった。

「なんなんですか?」

　息を整えて訊くと、刀浦は中華料理店の方を親指で示した。

「あそこにＤ・Ｔの売人がいる」

「は⁉」

「城戸という男だ。あそこで薬の調合もやっているらしい。今から踏み込む」

「今から⁉」

健斗は仰天した。

「え、応援は」

「店の周囲は張ってる。おまえと俺の二人で踏み込む」

「や、ちょっと待ってください……制服しかいないみたいですけど、本庁の他の人は？」

「呼んでる暇がねえ。あそこに城戸がいるって情報があったんだが、向こうにもばれたかもしれん。挙動が怪しい。撤収される前に踏み込んで、ブツを押収する」

嘘《うそ》だ、と思った。健斗を待っている間に、いくらだって連絡できたはずだ。

「警棒持ってきたか？」

「え、はい」

健斗は腰の後ろから三段警棒を引き抜いた。

「よし。じゃあ行くぞ」

「待ってください。いきなりそんなことを言われても」

「おまえ、刑事だろ。犯人にいちいち待ってくださいとか言うのか」

「…っ」

健斗は奥歯を嚙《か》み締めた。

いろいろ言いたいことはあるが、後回しにするしかないらしい。警棒を握り、覚悟を決めた。

「城戸は以前、あそこの中華屋でバイトして二階に下宿していたんだ。店の主人が体を壊して閉店になったんだが、最近また出入りするようになった」

中華料理店は二階建てで、二階には道路に面して窓がある。店の中からは見えない位置取りで近づきながら、刀浦が小声で言った。

「中には一人だけなんですか？」

「たぶんな。城戸は女の部屋に転がり込んでるんだが、薬の調合のためにここを借りたらしい」

「薬品の知識があるんですか」

「そんなのいらねえ。クスリの成分は少量で、あとは混ぜ物だからな。ビタミン剤とかクエン酸とか、そんなのだ。混ぜて嵩《かさ》を増やして、カプセルに詰めるだけ。素人でもできる」

「成分というのは…」

「話は後だ。行くぞ」

中華料理店のすぐそばまで来ていた。入り口の開き戸は曇りガラスが入っていて、中の様子は窺えない。『店主が病気のため、閉店します』というつたない手書きの紙が戸のガラスに貼られていた。

刀浦は鍵を入手していたらしい。腰をかがめて戸に近づき、そっと鍵をはずした。

刀浦が戸に手をかける。その脇で腰を低くして、健斗は警棒をぐっと握りしめた。

刀浦が勢いよく戸を開けた。

「警察だ！　動くな」

警察官になりたいとずっと思っていた子供の頃、ドラマのこういうシーンに憧れた。自分はいつか警察官になって、悪い奴《やつ》をやっつけるんだ、困った人を救うんだ、と思っていた。けれど現実に警察官になるとわかる。こんなシーンはめったにない。あったとしても、そこに行きつくまでにたくさんの警官の膨大な努力と無駄足が存在する。

そして実際に直面すると――けっこう怖い、経験を積んでいようが、腕に覚えがあろうが。相手は武器を持っているかもしれないのだ。

「…っ…！」

戸を開ける音と刀浦の声に、男が振り向いた。

店内は典型的な町中華だった。年季の入ったテーブルと椅子。カウンター席。壁には手書きの品書きがべたべたと貼られている。品書きの紙は白から薄い黄色のグラデーションになっていて、店の歴史が窺えた。

「クソッ」

男はカウンターの内側の厨房《ちゅうぼう》にいた。大柄で短い金髪を逆立てた、若い男だ。一見して、喧嘩《けんか》が強そうに見える。

「逃がすんじゃねえぞ」

　刀浦が言った。

　かんべんしてくれと思いながら、健斗はカウンターテーブルに土足で上がった。乗り越えて、厨房に降り立つ。長年の武道の経験と機動隊の訓練のおかげで、考えるより先に体が動いた。

「ちっ」

　厨房の中央には大きな調理台があって、そこにごちゃごちゃといろんな物が置かれていた。男は――城戸はその向こう側、流しの前にいた。健斗を見て踵《きびす》を返し、奥の方へ行こうとする。そちら側にはドアがあった。部屋や廊下があるのか、外に出るのかはわからないが、出口だ。

　調理台を回り込んでいると間に合わないので、健斗は調理台も土足で乗り越えた。ガチャガチャといろんなものを倒したり壊したりしたようだが、気にする余裕がない。伸ばした警棒で横から城戸の足か腰をはらって動きを止めようとした。

　その警棒を、ガッと肘で止められた。

「ッ！」

　城戸はそのまま腕を横に振り、健斗の警棒をなぎ倒した。相手は生身の市民なので多少は手加減したが、それなりに力を入れていた。なのに、簡単に振り払われた。

「うわ」

　城戸はぐっと警棒の先をつかんだ。筋肉が盛り上がった、太い腕だ。健斗の腕より太い。振り払われて驚いていたせいもあって、あっさりと警棒を奪われた。

「っ！」

城戸が一歩踏み込んできた。懐に入られる。間髪容《い》れず、腹に拳を叩き入れられた。

「ぐッ」

力の乗った、重い拳だった。素人の拳じゃない。内臓が引っくり返って喉元にせり上がり、膝から力が抜けた。健斗はよろけて片膝をついた。

「そいつボクシングやってたらしいから、気をつけろ」

いつのまにか厨房に入ってきていた刀浦が、他人事《ひとごと》のような口調で言った。

「そ…、そういうことは先に言ってくださいよ……！」

それでも懐に入られた時にとっさに腹筋に力をこめていたので、一撃で倒されることはなかった。健斗はすばやく立ち上がり、警棒を持った城戸の腕にタックルした。武器を奪われるとまずい。

「くそ、離せ…っ」

太い腕にしがみつき、肘を拳に叩き下ろす。城戸は健斗の髪をつかんで引き剝がそうとしてくる。なおも必死で肘を振り下ろしていると、ようやく城戸の手から警棒が落ちた。すかさずそれを足で遠くに蹴る。

次の瞬間、城戸に横っ面を殴り飛ばされ、健斗は横ざまに吹っ飛んだ。

「ぐ、…はっ」

うずくまって咳《せ》き込む。唾液が口から滴り落ちた。長年空手をやっているせいで、逆に人に顔を殴られることがほとんどない。脳みそが衝撃でぐらぐらした。

それでも至近距離で横面だったから、まだ力は乗っていない方だ。健斗は床に唾を吐いて、拳で口を拭った。

「おいおい、頼むぜ」

呑気《のんき》にすら聞こえる声で、刀浦が言った。奥のドアの前に立っている。一応、出口を塞いでいてくれるらしい。健斗は膝に力をこめて立ち上がった。

「……」

城戸とまともに向き合う。片足を引き、脇を引き締めて構えた。

大柄な男だ。健斗より背が高い。たぶん筋肉量も多い。ボクサーらしく、腹と顔を守る隙のない構えをしている。

あの拳にまともに顔を殴られたら、おそらく一撃で脳震盪《のうしんとう》を起こして動けなくなるだろう。当たりどころが悪ければ、大怪我《おおけが》をする可能性もある。

でも、フットワークは重そうだなと思った。体は絞られておらず、無駄に重い筋肉がついていそうだ。長年プロでやってきた体じゃない。たぶん喧嘩殺法にボクシングで箔《はく》をつけた程度なんだろう。

（足しかないな）

リーチが長いので、懐に入られると圧倒的にこちらが不利になる。足を使うしかない。相手がキックボクサーやムエタイの選手じゃなければだが。

じりじりと間合いを計りながら、タイミングを窺う。なかなか近づいてこない健斗に焦《じ》れたんだろう。城戸が大股で踏み込んできて、右の拳を叩きつけてきた。

「、っと」

今度は予測していたので、よけることができた。重い拳だが、体も重い。モーションが派手なので、動きを見ていればよけられた。

頭を沈めて拳をよけ、健斗は城戸の腹に蹴りを放った。

「グッ」

決まった、と思ったが、相手もとっさに腹筋に力を入れたんだろう。城戸は軽くよろけただけで、倒れはしなかった。続けざまに足を替えて、もうひと蹴りする。城戸が後ろに数歩よろける。体がぐらぐらと揺れる。

上半身ががら空きになったところに、一気に間合いを詰めた。

「――ッ！」

膝を抱えるようにしながら軸足を回転させ、スピードをつけて一回転して利き足を城戸の顔に叩き込んだ。回し蹴りは遠心力がつくので、破壊力が高い。特に後ろ回し蹴りは威力の強い技だ。

「ぐは…ッ」

大柄な城戸の体が、ぐらっと揺れた。

そのままなんのガードもなく後ろに倒れる。そばにあった棚を巻き込み、中の物がガシャガシャと派手な音をたてて散乱した。

「うわ、なんだ」

白い煙のようなものがもうもうと湧き出てきた。小麦粉か何かの入れ物があったらしい。

「ゴホッ」

健斗は咳き込みながら白い煙をはらった。視界が白い粉の煙に塞がれ、何も見えない。倒れた城戸も見えない。構えはまだ解かないまま、そろそろと近づいて城戸の様子を窺った。

「っ！」

突然、ガッと足をつかまれた。強い力で引き倒される。白い煙の向こうから、拳が飛び出てきた。

ぎりぎりでよける。城戸の拳が床を打った。

健斗はもう片方の足で思いきり城戸を蹴りつけた。城戸が吹っ飛んでいく。すばやく立ち上がった。

「気をつけろよ」

カチッと音がして、換気扇が回り出した。刀浦がつけたらしい。

白い粉の霧がだんだん収まってくる。煙の向こうに、城戸がゆらりと立ち上がるのが見えた。相手が体勢を整える前、完全に立ち上がる前に、右足を高く上げて脳天に向かって踵《かかと》を振り下ろした。

数秒の間をおいて、城戸がどさりと倒れた。

「ふう」

また白い煙が立ち、それを片手ではらう。刀浦が近づいてきた。

「よくやった」

健斗は構えを解かないまま、城戸の様子を窺った。

城戸はうつぶせに倒れていた。目を閉じていて、ぴくりとも動かない。

「手錠」と刀浦が手を差し出してきた。健斗は腰の後ろのホルダーから手錠を出して渡した。

「さすがだな。カラテ・キッズ」

「かんべんしてくださいよ……」

踵落としを実際にやったのなんて久々だった。刀浦が城戸の両手を背中に回し、手錠をかける。それでようやく力を抜いて、健斗は長く息を吐いた。

口の中がぬるぬるする。吐き出すと、唾に血が混じっていた。口の中を切ったらしい。

あらためて見回すと、店内はひどい有様だった。閉店したとはいえ調理道具も食器もそのまま残っていたらしく、いろいろな物が散乱している。撒《ま》き散らされた白い粉で、あたりは真っ白だ。

　刀浦はと見ると、中央の調理台の上を調べていた。どうやらそこで薬剤の調合をやっていたらしい。ボウルや軽量スプーンや乳鉢、デジタルスケールなどが置かれている。それだけ見ると、料理をしている普通のキッチンみたいだ。

　ただ、ひとつだけ見慣れない機械があった。アルミ製で、台の上にたくさんの小さなカプセルがセットされている。どうやら手動のカプセル充填機らしい。これでカプセルの中にドラッグを詰め、さばいていたんだろう。

　その他に、容器に入った何か粉のようなものが数種類ある。刀浦はそれをひとつひとつ取り上げ、手のひらに出して舐めていた。

「あ」

　思わず声が出た。舐めて味を確かめたあと、プラスチックのボトルをひとつ、刀浦が自分のコートのポケットに入れたのだ。風邪薬くらいの大きさの瓶だった。

「警…」

　声をかけようとした時、表からばらばらと制服警官が入ってきた。店のすぐ前に警察車両が停まっている。遠くからパトカーの音も近づいてきた。

「お疲れ」

健斗の肩をぽんと叩いて、刀浦は制服警官に指示を出し始めた。

健斗のスーツの内ポケットの中で、スマートフォンが震えた。見ると、辰村係長だ。通話を繋ぎながら、健斗はいったん店を出た。

「真柴です。……はい。今は早稲田にいます」

外に出ると、警察車両が続々と集まってきていた。野次馬も集まっている。服についた白い粉を手ではたきながら、健斗は店の脇の細い路地に入った。

係長からは、あまり詳しいことは訊かれなかった。刀浦警部補の捜査を手伝うよう、誰かから頼まれているらしい。組織的な指示というよりは、個人的に頼まれているかのような口ぶりだった。

「いえ。一度、署に戻ります。……はい、失礼します」

通話を切って、健斗は深く息を吐いた。とにかく、疲れた。

路地にはゴミ箱やエアコンの室外機が並んでいる。どこかの換気扇から焼き肉のような匂いが流れてきた。どこの街も、裏通りは同じように薄暗く、同じように汚れている。俺は何をやっているんだ、ともう一度思った。

「——真柴」

振り返ると、路地の入り口に刀浦が立っていた。

「腹減らないか？　メシ食いにいこうぜ。奢ってやるよ」

刀浦は無精髭の生えた顔に薄い笑みを浮かべている。ちゃんと名前を呼ばれたのは初めてだなと、健斗は思った。ひよっこから格上げしてくれたらしい。

「今日中に書かなくちゃいけない書類があるんで……署に戻ります」

「は。真面目だな。さすが新宿署の期待のルーキー」

刀浦はへらっと笑った。

「おまえの評判は聞いてるぜ。上からも期待されてるみたいだな。盗犯で経験を積ませて、いずれは強行犯か組対、と上は考えてるらしい。それとも公安かな。出世ルートだからな」

「……」

健斗は黙って白い粉をはらい続けた。防水仕様のアウトドアコートだが、黒なので白い汚れが目立つ。

「本庁に来ないか、真柴」

健斗はコートをはたく手を止めた。

「おれから推薦してやる。所轄で万引きや下着泥棒を捕まえてるより、その腕っぷしを生かせるだろ」

健斗はゆっくりと顔を上げた。

「どうして、俺を?」

「役に立ちそうだからな」

「……」

刀浦から目を逸《そ》らして、健斗は少し考え込んだ。

換気扇からの焼き肉の匂いに混じって、生ごみの匂いや吐瀉物《としゃぶつ》のような饐《す》えた匂いもする。

道路や壁に沁み込んでいるんだろう。新宿署で刑事になって、そろそろ慣れてきた匂いだった。

「……警部補は、どうして単独でこの件を追っているんですか?」

言って、刀浦の顔を見た。

「さっき、テーブルの上の証拠品をひとつ、ポケットに入れてましたよね」

「……」

刀浦の表情は変わらない。ひるむ様子もないし、しまったという顔もしない。

「手柄のためですか。他の刑事を出し抜きたいんですか? 俺はあなたの道具に使われるのはごめんです」

得体の知れないうすら笑いを浮かべたまま、刀浦はゆっくりと健斗に近づいてきた。

新宿署の狂犬と呼ばれていたことは知っている。すぐに手が出る危険人物だということも。

でも、怖くはなかった。別に直属の上司じゃないし、正対すればたぶん自分の方が強い。

笑みを浮かべたまま、刀浦は口をひらいた。

「――十三年前、一人の男が車で歩道に突っ込み、通行人を次々撥《は》ねた」

「……は?」

ぐらっと、頭の中が揺れた。

「車が建物にぶつかって停まると、男は今度は刃物を振り回して通行人に切りつけた。奇声を上げながら逃げる人を追いかけ回し、車道に飛び出て、車に轢《ひ》かれて死んだ」

「……」

ドクンドクンと、心臓が大きく脈打ち始めた。酸欠になったように、健斗は喉を震わせて息を吸った。

「二人が死亡して、重傷者も多数出た。亡くなった二人のうちの一人の名前が、真柴だ。——おまえの父親だろう？　真柴健斗」

「……」

健斗はごくりと唾を飲み下した。大きく深呼吸して、気を落ち着かせる。

刀浦がそれを知っていても、なんの不思議もない。警察官は、採用される時に犯罪歴や思想について、本人だけじゃなく近親者まで詳しく調べられる。当然、健斗の経歴には犯罪被害者であることが記されているだろう。健斗の上司はみんな知っているし、刀浦の立場なら簡単に知ることができる。

「だから、なんですか？」

強いて平静な顔で、訊き返した。

「それがなんの関係があるんですか」

「あの時の犯人……塚本《つかもと》だったかな」

刀浦も平静な顔で続ける。

「公式の記録には残っていないが、ドラッグを使っていた」

「え？」

「当時、デビルス・ティアーズと呼ばれていた——現在出回っているＤ・Ｔと、同様の薬だ」

「っ……！」

今度こそ殴られたようなショックを受けて、健斗は一歩後ろによろけた。

「……そんな」

無意識に口からこぼれる。

「そんなこと、どこにも……」

「被疑者は死亡したからな。取り調べはできなかったし、もちろん裁判もない。当時——今でもだが、あの薬については、警察も厚労省もたいした情報を持っていなかった。何しろ無差別通り魔事件だからな。世間の衝撃は大きい。そんな得体の知れない薬が出回ってるなんて知れたら、大騒ぎになる。だから、薬物の使用については厳重に伏せられた」

「……」

心臓がまた騒ぎ始める。ドクドクと脈打っている。怯《おび》えた子供のように、健斗の中で震えている。

（まだ）

ひたいを押さえて、瞼《まぶた》をぎゅっと閉じた。

まだこんなに、怖いなんて。

「……だから、俺を？」

目をひらいて、手の陰から刀浦を見た。

「俺なら、必死でその薬を追うから。だからですか」

にっと片頬を歪めて、刀浦は笑った。

「上の人間はそう思ってるだろうな。おまえみたいな人間の復讐心《ふくしゅうしん》は役に立つ」

「そんな……復讐なんて、俺は」

健斗は小さく首を振った。

犯人はもう死んでいる。復讐しようなんて、思ったこともない。

ただ自分のような人間が、それでも生きていける社会が欲しかったのだ。自分が助けてもらったように、誰かを助けたかった。光が欲しかった。小さくてもいいから。ずっと遠くてもいいから。

明るい方へ——そう願って、ここまで歩いてきたのだ。

「そうか？」

あいかわらず、刀浦は笑っていた。どうして笑うのかわからない。

「自分に復讐心なんてかけらもないって、おまえは言えるのか。正義感と復讐心の間に、おまえは境界線が引けるのか?」

「……」

健斗は睨むように刀浦を見た。

「そろそろ思い知ってきただろう。警察やってりゃ、理不尽な目に遭った被害者や遺族の悲嘆を嫌になるほど見る。被害者や遺族が犯人に対して厳罰を望んだ時、その傷ついた心が復讐を望んでいないなんて、誰が言える? 法律は社会正義や平和のためにあるなんて、おまえは――おまえが、言えるのか」

おまえが。

健斗は小さく震えた。胸の中に手を突っ込まれて、生きて脈打っている心臓を鷲掴《わしづか》みにされて引きずり出されたみたいだ。

「たとえ復讐だったとしても、裁判官や世間に責める筋合いはないだろうよ。世間なんて、なんにもしちゃくれないからな。無関心で冷たい世間を恨んだことが、おまえはないのか?」

「……」

深く息を吸って、吐く。深呼吸を繰り返す。武道を長くやってきて大切だと思うのが、平常心だ。どれだけ強くなっても、練習を重ねても、平常心を失えば簡単に負ける。

「……どうして単独で調べているのかって質問の答えを、まだ聞いてないです」

腹に力をこめて、刀浦を見た。

「警部補も、何かに復讐したいんですか？」

「……は」

ははっ、と刀浦は笑った。すかすかした息を吐くように。

「いいねえ、真柴。さすが、玲が気に入っているだけある。やっぱり盗犯にしておくには惜しいな」

路地の向こう、中華料理店が面した道路はますます騒がしくなってきていた。今度は救急車が到着した。赤い光が背中から刀浦を照らす。

「俺のところに来いよ、真柴」

「……」

「D・Tに関しては、厚労省はまだあまり情報を持っていない。殺しや盗みが絡んでるからな。麻取に持っていかれるわけにはいかねえ。こっちで挙げる」

健斗が黙っていると、刀浦はちらりと目を動かして、コートのポケットからスマートフォンを取り出した。何か連絡が入ったらしい。画面をしばらく見つめて、ポケットに戻した。

「腹が決まったら、連絡しろ。待ってるよ」

そう言い残して、パトカーと救急車と野次馬の喧騒の中に、刀浦は戻っていった。

健斗はしばらく動けずにいた。今頃になって、城戸に殴られた頬が痛んでくる。触れると熱を持ち、心臓の鼓動と連動してずきずきと疼《うず》いた。

明日以降、きっと腫れるだろう。ケガばっかりだとまた玲に言われるなと、ちらりと思った。


「――あ。降ってきたみたい」

隣の席の花岡が言って、席から立ち上がった。健斗は反射的にパソコンのページを閉じた。

「しまったなあ。今日、折り畳み傘を持ってないのよね。こないだ使った後に鞄に戻すの忘れちゃって」

花岡は窓に近づいて夜空を見上げた。夜の九時を回っているが、警察署内にはまだ普通に人がいる。夜勤や当直の者もいるし、花岡と健斗のように残業していた者もいる。健斗は席から声をかけた。

「俺、持ってますよ。貸しましょうか」

「真柴くんが困るでしょ」

「俺、寮ですから。同じ寮の奴が残ってないか探してみます。走ってもたいした距離じゃないし」

「そう？　…じゃあ、借りちゃおうかな」

自分の鞄から折り畳み傘を取り出す。席に戻ってくると、花岡は書き終わった書類をファイルに閉じてデスクの上を片付け、帰り支度をした。

「真柴くん、まだ残るの？　本降りにならないうちに帰った方がいいよ」

「もうすぐ終わります。お疲れさまでした」

花岡がいなくなると、盗犯係で残っているのは健斗だけになった。離れた場所のデスクには残業している刑事がいるが、天井のライトは節電のためにかなり消されていて、フロアは薄暗い。

健斗は閉じていたパソコンのページをもう一度ひらいた。表示されているのは、ニュースサイトのアーカイブ記事だ。

『池袋《いけぶくろ》通り魔事件　エリート銀行員だった犯人の素顔』

十三年前の——健斗の父親が巻き込まれた通り魔事件についての記事だ。

自分の父親が犠牲になった事件だ。子供の頃は、見たくもなかったし聞きたくもなかった。けれど母の田舎に引っ越し、不安定だった母が落ち着いて普通の生活を送れるようになると、だんだん気になってきた。

中学生くらいの頃から、健斗は少しずつ事件について調べ始めた。とはいえ、田舎の中学生だ。当時は自分のパソコンも持っていなかったから、調べられることは少なかった。通りいっぺんの報道記事だけだ。

高校生になって東京《とうきょう》に戻ってくると、もう少しいろいろわかるようになった。だけど犯人がその場で亡くなっているし、裁判も開かれていない。マスコミが犯人の生い立ちや当日の行動などを調べて書き立てていたが、新しい情報がないので、報道は徐々に減っていった。いま調べても、目新しい情報はない。

塚本善史《よしふみ》。それが犯人の名前だ。何かの証明写真のような、ごく平凡な男の顔写真が載っている。

事件当時、二十九歳。都内の私立大を卒業し、信託銀行に勤めていた。ただ事件を起こした時は、うつを発症して休職していた。

精神疾患が事件の原因であるかのような論調は多かったが、事件の前に目立った問題行動はないし、精神鑑定も行われていない。けれど、他に動機とみられるものがない。ほとんどがうやむやのまま、事件は幕切れになっていた。

(ネットじゃ限界があるよなあ……)

ドラッグの使用については厳重に伏せられていると、刀浦は言っていた。公式の記録にも残っていないと。たぶん、健斗がアクセスできる警察のデータを見ても、ドラッグについては書かれていないんだろう。

(警視庁……)

考えながら、ページを閉じ、パソコンの電源も落とす。あの事件は、発生場所は池袋だったが、警視庁に捜査本部が立っていたようだった。十三年前なら、まだ当時の捜査に関わった人が警察にいるだろう。何か知っている人がいるかもしれない。

（でもなあ……）

本庁の刑事に知り合いなんていない。わざわざ探すくらいなら、刀浦に訊けばいいのだ。彼の誘いに乗って、手を組んで。

――俺のところに来いよ、真柴。

切れ味の悪い刃物のような、ざらりとした三白眼を思い出す。あの男はだめだ、危ない、と脳内で警戒信号が瞬く。別に刑事の勘なんて持ち合わせていない。ただの本能だ。

署の玄関に立つ。雨はぱらぱらと降っているけれど、さほど強い降りじゃなかった。このくらいなら、かまわない。

健斗はコートのフードをかぶり、リュックにもできるバッグを背負った。立ち番の制服警官に一礼して、夜の新宿に踏み出した。

（Ｄ・Ｔ……デビルス・ティアーズ）

思考はどんどん流れていく。現在流通しているＤ・Ｔと、塚本が使っていたというドラッグは同じものなんだろうか。Ｄ・Ｔは混ぜ物が多いと刀浦は言っていた。ドラッグの成分というのはなんだろう。

（人を意のままに操ることができる……）

水商売の人の間では、客に貢がせることができる惚《ほ》れ薬として出回っているらしい。惚れ薬程度なら、まだいい。昔からフェロモンに似た香水や、いわゆるラブ・ドラッグはあった。危険ドラッグなら、もちろん体に悪いし絶対に使ってはいけないけれど、世間を揺るがす大事件に発展するわけじゃない。

だけど。

(まさか)

ぞくりとした。無差別通り魔殺傷事件。まさか――あんな事件を起こすほどの作用がある薬なんて。

「……」

顔に雨粒があたる。あんまりにも深く自分の思考に沈んでいたので、いつのまにか雨が強くなっていることに気づかなかった。コートとバッグは防水だからいいけれど、膝から下がびしょ濡《ぬ》れだ。

「あ」

雨の強さに気づくのと同時に、健斗は立ち止まった。署から出て無意識に歩いていたけれど、ここは寮へ向かう道じゃない。人通りが少なく裏寂れた――マジックアワーへの道だ。

(どうしようもないな)

内心で、苦笑した。無意識に歩いていたら、彼に会いに来てしまうなんて。

幽霊ビルと称される、レトロなビルが見えてくる。健斗はビルの横の細い道を覗いてみた。

地下への入り口にライトが灯っている。営業中らしい。

脇道に入り、地下への入り口の前に立つ。でも、店に入る勇気はなかった。まだ。自分の中で整理ができていない。どういう顔で彼に会ったらいいのかわからない。玲に会った時、自分の中にどういう感情が湧き上がるかわからない。

とりあえず雨宿りをしようと、健斗は地下への階段を下りた。ドアの横、『Magic hour』と書かれた看板が下がったライトにも明かりが灯っている。リュックを下ろして、その下に座り込んだ。

(玲さんのお兄さんが……)

玲の兄が、ドラッグに関わっているという。健斗の父を殺した、あの事件の原因になったかもしれないドラッグに。

(でも)

まだわからない。関わっている可能性があるというだけで、玲が何かしているわけじゃない。

(でも)

子供のように両膝を抱いて、目を閉じる。目を閉じると、頭の中にいろいろな場面が浮かんでは流れていく。

レストラン船でのカウントダウンパーティ。美紅という女性の胸元に小さく輝いていた黒い宝石。バーテンダーとしてマジックを披露していた玲。きらきらと輝きながら降ってくるシャンパングラスのかけら。

（もしも）

心臓が不穏に騒ぎ始める。でも、まだ大きな音じゃない。まだ鼓動は跳ね上がっていない。低いドラムロールみたいな、あるいは遠くの空に広がる暗雲みたいな。

雨音の中で目を閉じていると、思考は制御なく流れていく。十三年前に川原で出会った、学生服の魔法使いが瞼の裏に現れた。健斗に青い石を握らせてくれて、光の方向を教えてくれた人。

（絶対に違う……）

マジックアワーのゴシックな店内。女装しているピンクと、ヘッドフォンを首にかけたブルー。髭のマスター。

それから——西口で見かけた、玲によく似た和服の女性。鍵付きのキャビネットの中、人形があったはずの空間に置かれていた、黒いカラスの羽根。

「——何してんだよ」

「…ッ」

急に声をかけられ、健斗はどやしつけられたみたいに勢いよく立ち上がった。

「うわ。びっくりした。なんだよ」

「え、あ…」

玲が立っていた。健斗がいきなり立ち上がったので、驚いている。

「なんでこんなところに座ってるんだよ。もう閉店だぞ」

「え？　あ」

健斗は慌ててスマホで時間を確かめた。いつのまにかずいぶん時間がたっている。ドアの横のライトが消えていた。玲はドアノブにかけられたプレートをCLOSEDに裏返した。

「いつもより早いですね」

「雨が降ってきたからな。もともと客が少なかったし、みんな帰っちまったから、もう閉めようかと思って」

マジックアワーは閉店時間を決めていない。客がいなくなったら閉めるらしい。

「そうですか……」

「健斗、濡れてるぞ」

「傘がなくて……雨宿りさせてもらおうと思って」

「なんでこんなところで座ってたんだ？」

「あ、えーと……俺、びしょ濡れだったから、床や椅子を濡らしちゃうなと思って」

健斗はへらっと笑った。我ながら、バカみたいな笑い方だと思った。

「……」

眉をひそめて、でも苦笑いのように唇の端を歪めて、玲は複雑な表情を作った。

「……中に入るか？」

「あ、でも、今日は…」

「入れよ」

めずらしく強引に、健斗の言葉を遮って、玲は言った。ドアの中に顎を向けて健斗を促す。

「ちょうど試作品の感想を誰かに聞きたいと思ってたんだ。一杯飲んでいけよ」

「……」

店の中に入ると、中は薄暗かった。もともと営業中でも照明はひかえめな店だ。今はフロアのライトは消されていて、カウンターの内側の照明だけが灯っていた。

「コート脱いでそこにかけて。いま作るから」

「試作品って、カクテルのですか？」

「そう。自信作なんだ」

ポールハンガーを示してから、玲はカウンターの内側に入る。ボトルを選んで、酒を作り出した。なんだか妙に機嫌がいい。めずらしい。

（でも俺、酒の味よくわからないんだけどな……）

言われた通りコートをハンガーにかけてバッグを置き、スツールに腰かけた。玲は慣れた手つきでカクテルを作っている。ボトルの酒をメジャーに注ぎ、シェイカーに傾けて入れる。酒の種類がけっこう多かった。氷を入れて、蓋を閉める。すべてが流れるようにスムーズで、無駄のない所作だ。

両手でしっかりと持って、玲はシェイカーを振り始めた。シャカシャカとリズミカルに振る。シェイカーを持つ手の角度も、斜め下向きに伏せた目も、ベストを着た腰のラインも、すべてが絵のようにぴたりとはまっていて、健斗は目を離せなくなる。綺麗《きれい》だなと思う。

綺麗で、ずっと眺めていたくて、大好きで――だから、目が眩むのだ。

シェイクを終えると、玲はカクテルグラスに中身を注いだ。コースターに載せて、すっと健斗の前に差し出してくる。コースターに添えられた指も綺麗だった。

「どうぞ」

カクテルグラスには、紫がかったグレイの液体が満たされていた。酒には詳しくないけれど、あまり見ない色だと思う。

「綺麗な色ですね」

夜に沈み込む一瞬前の、消えかけた夕暮れのような――スモーキーで不思議な色合いだ。グラスの縁には砂糖がまぶされている。こういうのをスノースタイルというのだと、以前に教えてもらったことがあった。

「飲んでみてくれよ」

玲はカウンターを出て、こちら側に来た。健斗の隣のスツールに腰かける。

「はい」

玲は本当に機嫌がいい。めずらしい。美しく冷ややかで、どこかとらえどころのない笑みを浮かべている。健斗は見惚《みと》れて——そして、気づいた。これは営業中の笑みだ。

「いただきます」

華奢《きゃしゃ》なステムを指で持つ。カクテルグラスは本当はちょっと苦手だった。自分には優雅すぎて、似合わない気がするから。

ひと口飲む。グラスの縁に砂糖がまぶされているので、最初は甘みを感じる。その砂糖と混ざりながら、カクテルが流れ込んでくる。

何か強い香りが鼻に抜けた。ハーブか香草のような。ハーブには詳しくないので、なんの香りかわからない。

「シャルトリューズとバイオレット・リキュールを使ってるんだ。シャルトリューズは薬草のリキュールだから、香りが強いだろう」

薬草。たしかに、と思った。いろんな香草やスパイスが混じったような、独特の草っぽい風味がある。

最初は舌が砂糖を感じるから、甘い。けれど薬草の独特の風味と共に、ほろ苦い味が口中に広がった。どちらかというと辛口で、甘く、苦い。

「どうだ?」

「………」

なんて表現したらいいのか、わからなかった。おいしいのかどうかもわからない。自分には複雑すぎる。

「健斗にはわからないかもな」

玲が手を伸ばしてきた。健斗の手のカクテルを奪って、口をつける。ごくごくと一気に飲んでしまった。

「――このカクテルの名前、今、思いついた」

飲み干してグラスをカウンターに置くと、玲は健斗に抱きついてきた。背中に腕を回されて、どきりとする。

「〝嘘〟」

耳元で囁かれた言葉に、健斗は固まった。

玲がすっと体を引いた。スツールから下りる。

「……やっぱり」

健斗から数歩後ずさる。その手が持っているものを見て、健斗ははっとしてスーツの胸元を押さえた。

「…っ…」

警察手帳。

警視庁では、業務時間外に職務を遂行する可能性がある場合には、警察手帳の常時携帯が認められている。規則では紛失防止紐《ひも》で衣服と結びつけておかなければいけないのだが、毎日のことなので、やっていない職員は多い。

「新宿警察署刑事課……よりによって、盗犯捜査係かよ」

写真入りの身分証を見て、玲はぎゅっと眉をひそめた。

「おまえ、刀浦に飼われていたんだな」

冷たい顔で、冷たい声で、玲は言った。

「違う……！」

健斗はあわててスツールを下りた。玲に一歩近づく、近づいた分だけ、玲は下がる。

「ある人が教えてくれたんだよ。真柴健斗には気をつけろって。警視庁の刀浦と繋がってるってな」

ある人というのは、お兄さんですか。

訊けなかった。口をひらいて、でも何ひとつ言葉を思いつけなくて、健斗は口を閉じた。

「警察の犬かよ」

玲の顔はどんどん冷ややかになっていく。どんどん遠ざかる。だから健斗は何も言えなくなる。

「刀浦に喋《しゃべ》ったんだろ。子供の頃のこと。自分なら、俺の内側に入り込める。おまえ相手なら、俺は油断する」

「違います……！」

「そう言って取り入って」

「違う！」

「黙れ！」

健斗の顔めがけて、玲は警察手帳を叩きつけた。

「っ！」

目元に命中して、健斗は瞬きして顔を押さえた。玲は健斗の腕をつかみ、乱暴に引く。玄関まで引きずっていくと、ドアを開けてドンと胸を押した。

たたらを踏んでどうにか持ちこたえて、健斗は顔を上げた。

玲は顔を背けて店の中に戻っていった。落ちていた警察手帳を拾い、ハンガーのコートとバッグも持つ。それら全部を、健斗に向かって投げつけた。

「二度と俺の前に現れるな」

冷たい——この店で再会した時よりももっと冷たい、他人の顔に戻って、玲は言った。

バンとドアが閉まる。内側で鍵が閉まる、固く重い音がした。

「——」

二月の深夜。裏通りのビルの底は凍てつくように寒い。足元から冷気が這《は》い上がってくるのを感じながら、健斗はただ立ち尽くした。

あとがき

こんにちは。高遠琉加《たかとおるか》です。

『刑事と灰色の鴉《からす》』2巻目です。私は子供の頃からミステリで育っていて（ファンタジーはあまり読んでこなかった）、つい自分でも書きたくなってしまうんですが……でも好きと得意は別物なんですよね。特に私はプロットが作れないので、ほとんど書きながら考えてます。出たとこ勝負です。怖いです。ちゃんと終わるかな？

プロットについては、さすがにこれではまずいと勉強しようとしたんですが、そもそも文章を書いてみないと、その世界が出来てこない、世界が出来ないとキャラも出来ない、エピソードも出てこないので、書く前に内容を考えるというのがどうしてもできません。みんななんでできるの？

なので、基本、本文を書くのとプロット作成が同時です。書きながら、エピソード出し、箱書き、時系列整理とかします（一応やるんです）。書き終わるのと同時にプロットができあがります…。本末転倒とはこのことだ。

出せと言われれば、編集さんにプロットを提出するんですが、数行、せいぜい文庫裏のあらすじみたいな感じで、あらすじと同じで途中までです。しかも八割違ってます。書きながら変わるので。こんなぽんこつですみません。

でも、あるアーティストさんが言っていたのですが、「辻褄は勝手に合う」んですよね。それは曲についてだったんですが、逆に言うと、勝手に辻褄が合わない作品は失敗なんだと思います。音楽でも物語でも、勝手に動いて自然にまとまってくれない作品はだめなんだなあ、と。

そんなわけで、辻褄が勝手に合ってくれるかドキドキなんですが、あと一冊で終わる予定なので、どうか見守ってほしいです。お願いします。

いつもながらギリギリの進行で、イラストレーター様、担当編集様には多大なご迷惑をおかけしました。本当に申し訳ありません。美しいイラストを添えていただいて本が出来上がると、やっと本当にその世界が出来上がった気がするので、イラストレーター様、出版関係の方々には本当に助けられています。ありがとうございます！

そしてここまで読んでくださった方、ありがとうございました！　ぜひ、最後までおつきあいください。

それでは、また。

この本を読んでのご意見、ご感想を編集部までお寄せください。

《あて先》〒141-8202 東京都品川区上大崎3-1-1 徳間書店 キャラ編集部気付

「白と黒の輪舞《ロンド》」係

【読者アンケートフォーム】

QRコードより作品の感想・アンケートをお送り頂けます。

Ｃｈａｒａ公式サイト http://www.chara-info.net/

■**初出一覧**

白と黒の輪舞《ロンド》……書き下ろし

白と黒の輪舞《ロンド》

刑事と灰色の鴉2……【キャラ文庫】

2022年7月31日　初刷

著者　高遠琉加

発行者　松下俊也

発行所　株式会社徳間書店

〒141-8202　東京都品川区上大崎3-1-1

電話　049-293-5521（販売部）

03-5403-4348（編集部）

振替　00140-0-44392

印刷・製本　図書印刷株式会社

カバー・口絵　近代美術株式会社

デザイン　百足屋ユウコ＋タドコロユイ（ムシカゴグラフィクス）

ISBN978-4-19-901071-2

高遠琉加の本

好評発売中

［刑事と灰色の鴉］

イラスト✦サマミヤアカザ

警察に届け出られない盗難品を、依頼人に代わって取り返す!!　そして現場にはカラスの足跡——。ネットで噂の義賊に興味を募らせる新人刑事の真柴《ましば》。そういえば、名前も知らないあの人もカラスを腕に留まらせていたっけ…。幼い頃、父を亡くして泣いていた真柴を、魔法のような手品で慰めてくれた少年——。彼の面影が忘れられない真柴は、天才マジシャンがいると評判のバーを訪れるけれど!?

高遠琉加の本

好評発売中

「神様も知らない」全3巻

イラスト✦高階 佑

若い女性モデルが謎の転落死!?　捜査に明け暮れていた新人刑事の慧介《けいすけ》。忙しい彼が深夜、息抜きに通うのは花屋の青年・司《つかさ》の庭だ。自分を語りたがらず謎めいた雰囲気を纏う司。刑事の身分を隠し二人で過ごす時間は、慧介の密かな愉しみだった。けれどある日、事件と司の意外な接点が明らかに!!　しかも「もう来ないで下さい」と告げられ!?　隠された罪を巡る男達の数奇な運命の物語が始まる!!

高遠琉加の本

好評発売中

[天使と悪魔の一週間]

イラスト✦麻々原絵里依

自転車と接触事故を起こして意識不明の重体!! 朦朧とする七塚《ななつか》に囁いたのは、なんと天使と悪魔——!? 「あなたが望むなら、彼と魂を交換してあげましょう」それって恋敵の体に俺が入るってこと!? 提案に強く心揺さぶられる七塚。なぜなら体の持ち主・高峰《たかみね》は、七塚が片想いしている級友の幼なじみで、同居中の相手だからだ。高峰をずっと羨んでいた七塚は、誘惑に負けてつい承諾してしまい…!?

投稿小説 大募集

『楽しい』『感動的な』『心に残る』『新しい』小説——
みなさんが本当に読みたいと思っているのは、
どんな物語ですか？
みずみずしい感覚の小説をお待ちしています！

応募のきまり

応募資格

商業誌に未発表のオリジナル作品であれば、制限はありません。他社でデビューしている方でもOKです。

枚数／書式

20字×20行で50～300枚程度。手書きは不可です。原稿は全て縦書きにしてください。また、800字前後の粗筋紹介をつけてください。

注意

❶原稿はクリップなどで右上を綴じ、各ページに通し番号を入れてください。また、次の事柄を1枚目に明記して下さい。
（作品タイトル、総枚数、投稿日、ペンネーム、本名、住所、電話番号、職業・学校名、年齢、投稿・受賞歴）
❷原稿は返却しませんので、必要な方はコピーをとってください。
❸締め切りは特別に定めません。採用の方にのみ、原稿到着から3ヶ月以内に編集部から連絡させていただきます。また、有望な方には編集部からの講評をお送りします。（返信用切手は不要です）
❹選考についての電話でのお問い合わせは受け付けできませんので、ご遠慮ください。
❺ご記入いただいた個人情報は、当企画の目的以外での利用はいたしません。

あて先

〒141-8202　東京都品川区上大崎3-1-1
徳間書店　Chara編集部　投稿小説係